贝加尔心灵史

于铁群 / 著

漓江出版社

献给我的父亲

序

走吧，去贝加尔，去看那地球忧郁的蓝眼睛。无须犹疑，也无须准备，身体就是你最紧要的行囊。即刻出发，莫听劝阻。你看，贝加尔也吟唱着出走，用蓝色的嗓音和冰雪的韵脚。

25000年前，出走贝加尔的人类离开温暖的华北。3000年前，战败的鬼方又与黄河作别。归去来兮，猛犸用巨牙刺穿猎手的身躯，狼群将驼鹿逼落深谷。萨彦岭替1000万只紫貂落泪，哭它们以兽皮的身份离开了森林。暴雪为10万难民缟素，他们的尸体在驿道上铺陈悲歌。俄国商人接手武夷红茶辗转西去，土尔扈特借道贝加尔遣使向东。贫穷将哥萨克人赶出故土，万里外，他们又逼迫通古斯人离开家乡。雁阵惊寒，牧羊的是汉臣苏武。归期无望，列车送曼德尔斯塔姆去死。被流放的十二月党人也流放了圣彼得堡的淫威。当身体随安加拉河奔赴北极，高尔察克永世不得还乡。

一代老去，一代又来，贝加尔永远如故。你看西伯利亚铁路运载的人无非两类：回家，离家。就像丁零人迁徙的潮汐，从黄河到贝加尔，从贝加尔回到黄河。

你该去贝加尔，这星球忧郁的蓝眼睛，你要接受它的凝视。它凝视天地，也回眸过往。你该去贝加尔，把成见交给荒野，像一滴水跳进大海。生命曾是什么，将来还是。这北方沉默的湖，将交给你它的未言之言。最初，你本想流放自己，最后，却很可能是个回家的故事。

走吧，去贝加尔，去看那地球忧郁的蓝眼睛。无须犹疑，也无须准备，身体就是你最紧要的行囊。即刻出发，莫听劝阻。你看，贝加尔也吟唱着出走，用蓝色的嗓音和冰雪的韵脚。挥手自兹去，就从这本蹩脚的书开始，去贝加尔，落实你自己的故事。

目录

第一章

大美

Большой американо

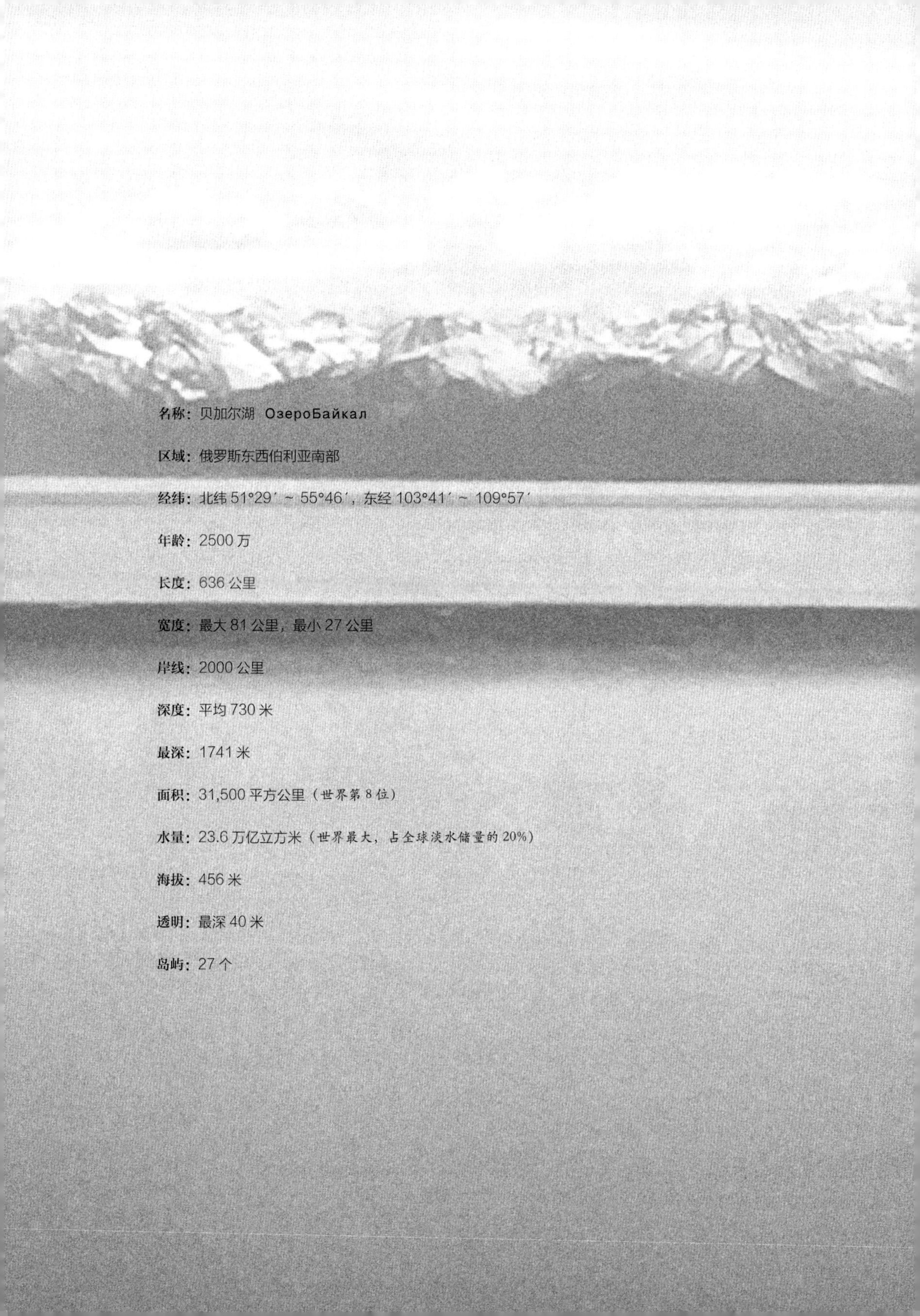

名称：贝加尔湖 ОзероБайкал

区域：俄罗斯东西伯利亚南部

经纬：北纬 51°29′ ~ 55°46′，东经 103°41′ ~ 109°57′

年龄：2500 万

长度：636 公里

宽度：最大 81 公里，最小 27 公里

岸线：2000 公里

深度：平均 730 米

最深：1741 米

面积：31,500 平方公里（世界第 8 位）

水量：23.6 万亿立方米（世界最大，占全球淡水储量的 20%）

海拔：456 米

透明：最深 40 米

岛屿：27 个

起初

此处省略85亿年
如此漫长的时间，宇宙中并无地球
直到太阳风向外驱赶物质
在轨道上吹出一个黏稠的糖球
那个糖球冷却了5亿年
清的上升，浊的下降
地球在发育，而贝加尔湖尚未诞生
以下略去32亿年
直到东西伯利亚地台的地基已经打好
以下略去17.65亿年

直到3500万年前
大地崩解，贝加尔裂谷带开始发育
自那一刻回望
恐龙已经灭绝了3000万年
北美和欧洲大陆分离了2500万年
马已经诞生了2000万年
澳大利亚和南极洲分离了1500万年
南亚次大陆撞击欧亚大陆已经1000万年
而人类未见踪影

3500万年前
贝加尔裂谷带开始发育
沿西伯利亚板块和阿穆尔微板块之间的缝合线发育
那时，新大陆猴刚刚诞生
贝加尔湖盆地产生还要等1000万年
疑似最早的现代人类在非洲出现则要等
3300万年
遗传学宣称的现代人类祖先出现要等
3475万年
等到第一个人类来到贝加尔湖，还需要
3497.5万年

3500万年前
断裂、沉陷
贝加尔湖，星球蓝色的伤口
像地球正在掰开的一块面包

对于一滴水，贝加尔只是往事

壹 库苏古尔湖位置图

库苏古尔湖[图壹]震颤于完全封冻的那一刻。鲟鱼徘徊，苍狼低嚎，风演奏着洞穴。东萨彦岭之上，红松之上，阴云松开了拳头，把你们扔下高空。你睁开眼，无数滴水，已忘记前生。而今，你们有翼，轻盈奔赴雪鸡和紫貂的十二月。

针叶林如千万对合十的手掌，庇护着黑熊的鼾声。一万里蓝天，一万里遗忘。你稳居枝头，未经鹿角撞击，未被松鼠的尾巴扫落。二月并非无风，而你稳居枝头，已忘记前生。

阳光，像催促起床的百夫长，在一个清晨将尔等赶下枝条。赶到泥泞的山坡，赶进被斑头雁唤醒的库苏古尔湖。这是四月的深谋远虑：它从周边山岭招募的春水，在库苏古尔湖里集结。你们要沿着额金河去寻找色楞格河，沿着色楞格河去寻找贝加尔湖。你们，四月的春水，已经忘记了前生。大军开拔在即，残冰仍在山坳负隅顽抗。野花，还来不急赶到岸边，为你们送行。

春水浑浊，色楞格河背负着沉重的往事。你，一滴水，被沙金裹挟，被细鳞鱼吞咽，你从马鬃上落回水中，又被布里亚特人再次泼上马背。你见过查坦人趁夜涉水的驯鹿，你见过瓷碗残片上的缠枝莲，你见过鄂尔浑河带来的哲罗鱼。你听到了三角洲的鸟鸣。在那里，月光下的色楞格河，像一束闪电击中贝加尔湖。它卸下泥沙，把自己托付给了这个星球最深的湖泊。六月，你，一滴水，变成贝加尔湖的一部分。

你环游27个岛屿，174个海角，会见了另外335条归附的河流。你在40米深处晒太阳，你不确信自己到过1600米的深渊。有的水被太阳唤回天空，有的水，2500万年都没有离开。海豹飞翔，鲑鱼陷入罗网。九月，火车绕过斯柳江卡斑斓的山脊。二月，你被囚禁于坚冰中的气泡，为严寒制造银河的假象。

那一天你被重力牵引，身不由己。安加拉河如惯于劫掠的黠戛斯人，裹挟着你离开利斯特维扬卡，你越过萨满石，奔向叶尼塞。叶尼塞裹挟着你，奔向日不落山，奔向喀拉海。你，一滴水，汇入了北冰洋。你，一滴水，忘却前生，却不舍昼夜。

在北冰洋，一切往事都会结晶。在礁石上，你短暂睡去，梦见了萨彦岭，梦见色楞格，梦见你曾有过翅膀，曾是一朵晶莹的花。你梦见遇见的一滴水，曾在山脊上东眺贝加尔湖。最终风却将它吹向西侧的山坡，吹向勒拿河。它见过贝加尔湖，却无法相遇。而你曾是贝加尔湖的一滴水，却很难再次回到贝加尔湖。缘分要靠时间，但你比人类有时间。你可以相信重逢的概率，人类不能。在一滴水面前，生命渺小，宛如叹息。水并非生命，水是时间，它不会消逝。对一滴水而言，贝加尔湖，甚至这个星球，都只是往事。一滴水，惯于忘却前生。一滴水，并不携手生命。一滴水，没有故乡。

你凝视深渊，深渊也凝视你

贝加尔湖是个伤口。西伯利亚的泰加森林和山脉，在长636公里，宽27至81公里的广大面积上，把统治权割让给了一片蓝色。有人把贝加尔湖比作月亮或眼睛，那是不在乎形似的文学手段。当你在空中俯瞰贝加尔湖，它就是个不规则的蓝色水面，如果一定要加点儿想象：那是一块嵌入群山的不规则的蓝宝石。再形象点儿：是切开一块绿色表皮的原石，露出了它的蓝色内在。

有一个奇景可能永远不会发生，想想却令人恐怖。当你划着船在湖面游弋，突然间，贝加尔湖被抽空，地球上五分之一的淡水瞬间消失。船下平滑的湖面变成复杂恐怖的深渊。如果此刻时间静止，船悬浮于虚空之上，你的眼睛尚有时间归纳所见：从南到北，是被湖底山脉分隔开的三个盆地。最高的那些山峰就是贝加尔湖的27个岛屿。它们大都非常之小，但当湖水消失，它们却呈现出钟乳石般高耸的形态。你仿佛站在地狱边缘的但丁，听见“深渊中聚集着无穷无尽的轰隆的号哭声”。这深渊的底部，黑暗、深邃、烟雾缭绕，弥漫着燃烧的沥青的气息。你凝视深渊，深渊也凝视你。这凝视里孕育着毁灭和杀机。

假如就在此时，时间重新开始流动，船将以加速度坠入地狱，坠入最深的第九层。然后，海水立刻回归，填满深渊。一个不规则的蓝色宝石被还给西伯利亚。而你被留在地狱深处，万劫不复。

贝加尔湖是个伤口。这是2500万年的既成事实，也是陆地被撕裂的一个直播现场。想象要撕裂的是一块比萨，这三个盆地，就是比萨复杂的粘连部分。南部盆地向北伸展到色楞格河口，最大深度是1,473米，盆地西坡陡削，东坡平缓，底部不平，高高低低；往北，越过由色楞格河冲积土累积的水底高地，是中贝加尔湖盆地，深处达1,741米，底部相当平坦，有些地方平如桌面；被奥利洪岛隔开的小海属于北部盆地，北部盆地最深处是912米，底部地形起伏不大，湖岸却很奇葩，异常平直，往往延伸数公里，西北部还常有峭壁升起，像被拉长的怪兽的槽牙。

这三个盆地，储存着这个星球五分之一的淡水，也盛满星球的碎片：冰块、黏土、沙子、石块、骨肉、草木、钢铁，还有阳光。贝加尔湖的水，溢出盆地，掩盖了盆地。这星球忧郁的蓝眼睛，其实暗藏丘壑。贝加尔湖，你凝视它，它也在凝视你。

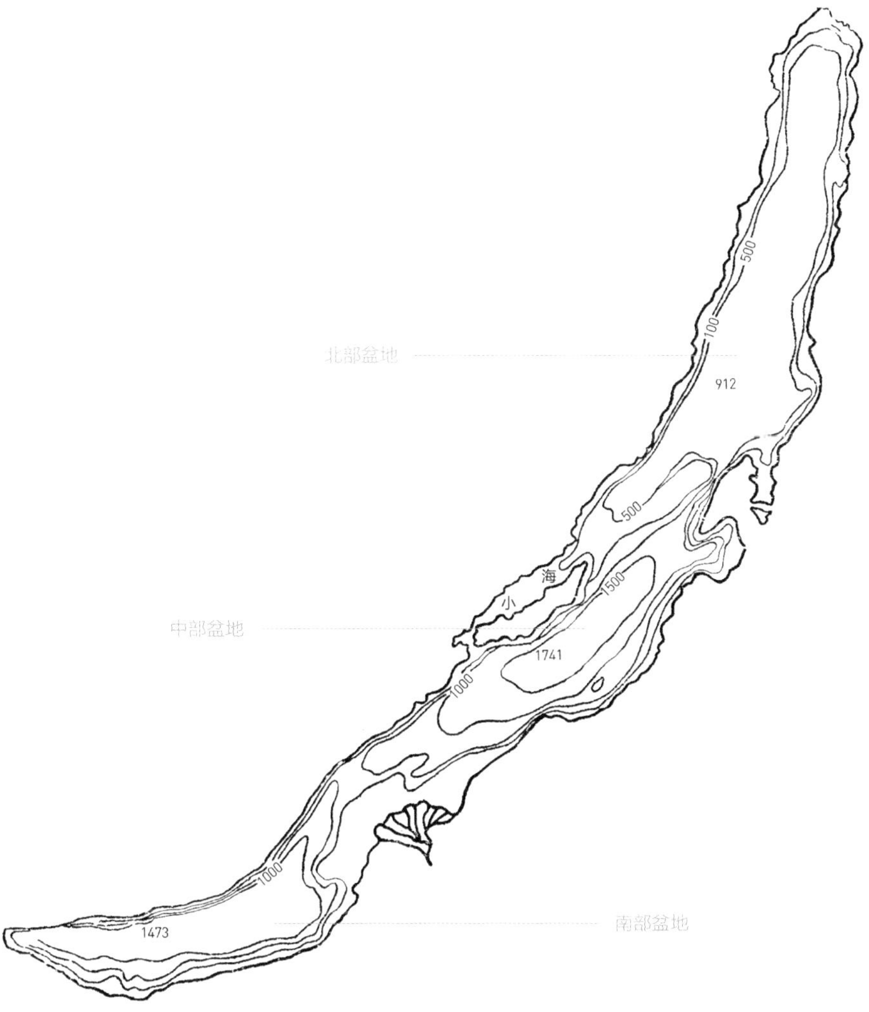

单位：米

安加拉，
嫁出去的姑娘流出去的河

共有300多条大小河流注入贝加尔湖，没有确定的数目，旱年会减少，多雨的年份会增加。但布里亚特人的传说却精确到336条。336条委身于贝加尔的河，被称为“驯服的妻子河”。336个“妻子”的嫁妆，就是全球五分之一的淡水。

贝加尔有336个妻子，却只生养了一个“女儿”，安加拉，一条不听话的“女儿河”。它要逃离贝加尔的怀抱，只因爱上了西伯利亚的美男子叶尼塞。它们没见过面，那又是谁为它们描述彼此呢？是西风，还是飞鸟？传说没给出细节，只知道叶尼塞给它带了话儿，约好私奔。嫁出去的姑娘是泼出去的水，那私奔的姑娘，就比泼更泼辣。

十二月，贝加尔全家都盖着冰的被子睡大觉，安加拉却疾速奔向它的爱人。大冷天儿的，姑娘跑得热气蒸腾。在利斯特维扬卡，森林肃穆，群山让路，贝加尔家的大门敞开了。安加拉一头冲过去，向北狂奔。惊醒的老父亲贝加尔眼瞅着追不上了，气急败坏地扔了一块石头，就落在安加拉河口的中间，这就是萨满石。站住！到此为止！不得逾越！给我回来！

然而，一点儿用都没有。安加拉骄傲的浪涛，丝毫没有停息。雪白的绷带包裹着荒野，安加拉向北狂奔；拦路的岛屿撕碎了它的衣服，安加拉向北狂奔；黎明用它“玫瑰红的手指”给安加拉化妆，安加拉向北狂奔。黄昏护着它，押送满河的黄金，安加拉向北狂奔。

当地人迷信一个说法，如果萨满石消失，就无法威吓安加拉河，前方的伊尔库茨克就会发洪水。这个传说也算有根有据。1932年，萨满石几乎被水淹没，伊尔库茨克果真就发了大水。

今天，萨满石露出水面的部分很小。因为在伊尔库茨克地区建了一个水电站，堤坝抬高了安加拉河的水位，萨满石的大部分都浸泡在水里。安加拉河虽然消解了萨满石的伟岸，可也保护它少受日光、风力和寒冷的摧残。

萨满石

人类的自负，贝加尔不屑一顾

欧洲人一直认为天鹅都是白色的，直到17世纪第一只黑天鹅被发现。可并不是所有的旧经验都那么容易崩溃。人类，是最不愿接受事实的动物。即便“黑天鹅”出现，他们的第一反应往往不是接受现实，而是用辩解去捍卫经验。

贝加尔湖的海豹就是“黑天鹅”。与其说它让科学不安，不如说它令成见难堪。贝加尔湖的雄性海豹体重能达到150公斤，体长可达180厘米，寿命可以超过50年。它们可以潜到水面200米以下，在水下停留25分钟。海豹？淡水海豹？它们从命名开始就把科学家抛进了理论的浑水。那些自以为是的诠释，看似科学的救生衣，其实是成见的铅块。海豹“当然”生活在海里，怎么会在淡水湖里？所以这里原来一定是海。贝加尔湖的海豹仰起脸，审视着人类的自以为是。因为鼻子上皱纹的缘故，它们看起来很严肃。任何“当然”都可能是致命的，科学家耗费大量精力去证明贝加尔湖曾是海的一部分，这就是执

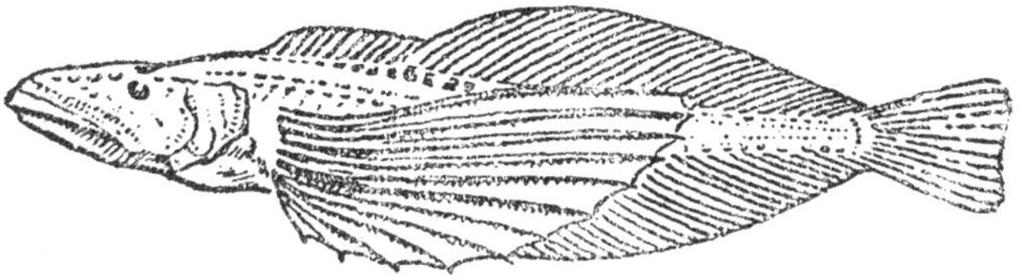

鲨鱼

念。其后的研究发现，贝加尔湖并非“海洋遗孤”。你看看，海豹就是来告诉你，别武断，经验，对事实很少合适。

对经验下手的还有贝加尔湖的鲨鱼。没错儿，鲨鱼，淡水鲨鱼，胎生。贝加尔湖的鲨鱼和其他物种一样，雌性负责生育，雄性负责美丽。雄鲨鱼非常漂亮，在直射的光线下是透明的蓝色，能看到脊柱和血管；雌性则是不透明的白色。然而只要它们活着，人们就很少能看见这些美丽的鲨鱼。它们张开蜻蜓般的鱼鳍，下潜1000米，捕食湖底的虾类。白天，鲨鱼群就待在250～500米的深处，到了晚上，才升到水下50米。只有当它们死去，才会浮出水面，就像从深渊中的树干上飘落到湖面的树叶。这些鲨鱼身体被脂肪填满，不会下沉，尸体随波逐流或嵌进寒冰。若被波浪抛到岸上，脂肪会在太阳下融化。贝加尔的探险者收集它们的尸体，炼出油脂，留待西伯利亚的寒夜，点亮油灯，翻开东正教的《圣经》。

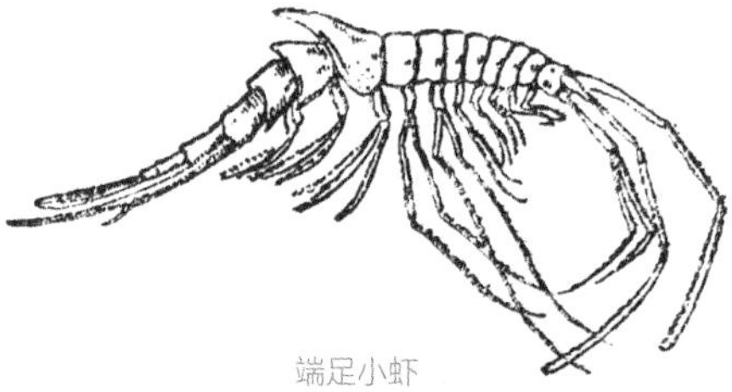

端足小虾

贝加尔湖的“海神”并非庞然大物，而是一种半透明的端足小虾。它们谙知水底的每一道深谷，是藏于黑暗的吞噬者。起初，对于这些端足小虾，人类的经验完全是瞎的，根本就不知道有这么一种动物，更不知道它们恐怖的统治力——它们吃各种动物的尸体。头天晚上把一只羊沉到湖底，第二天早晨就能从水里取出一具骨骼，像被通古斯手艺人耗费数日抛光过一样，光滑得邪恶。

贝加尔湖的动物身上具有很强的海洋特性，地质史却说贝加尔湖并非自海洋生成。科学家的武断是多种多样的，故事的发生却是这样的：那些淡水生物，原本就生活在贝加尔湖区的第一批湖泊里。它们经历了贝加尔湖的塌陷和下沉，在进入了深似海盆的环境以后，要想活下去，它们就必须改变，去适应压力，习惯水深，找到各自的生存之道。正是生存的挣扎使它们获得了一般浅水和淡水动物根本不具备的特性。所以说，从来就没有什么救世主，也没有神仙造物，更谈不上对海洋的继承。一句话：变则通。

贝加尔时刻挑战文明的经验，也不忘记提醒当代的成见。就像克雷洛夫[①]：借助动物刻画世界的复杂。在贝加尔，魔幻不是一个修辞，而是现实。贝加尔最不屑的，就是人类的自负。

①伊凡·安德烈耶维奇·克雷洛夫（1769—1844），俄罗斯作家。

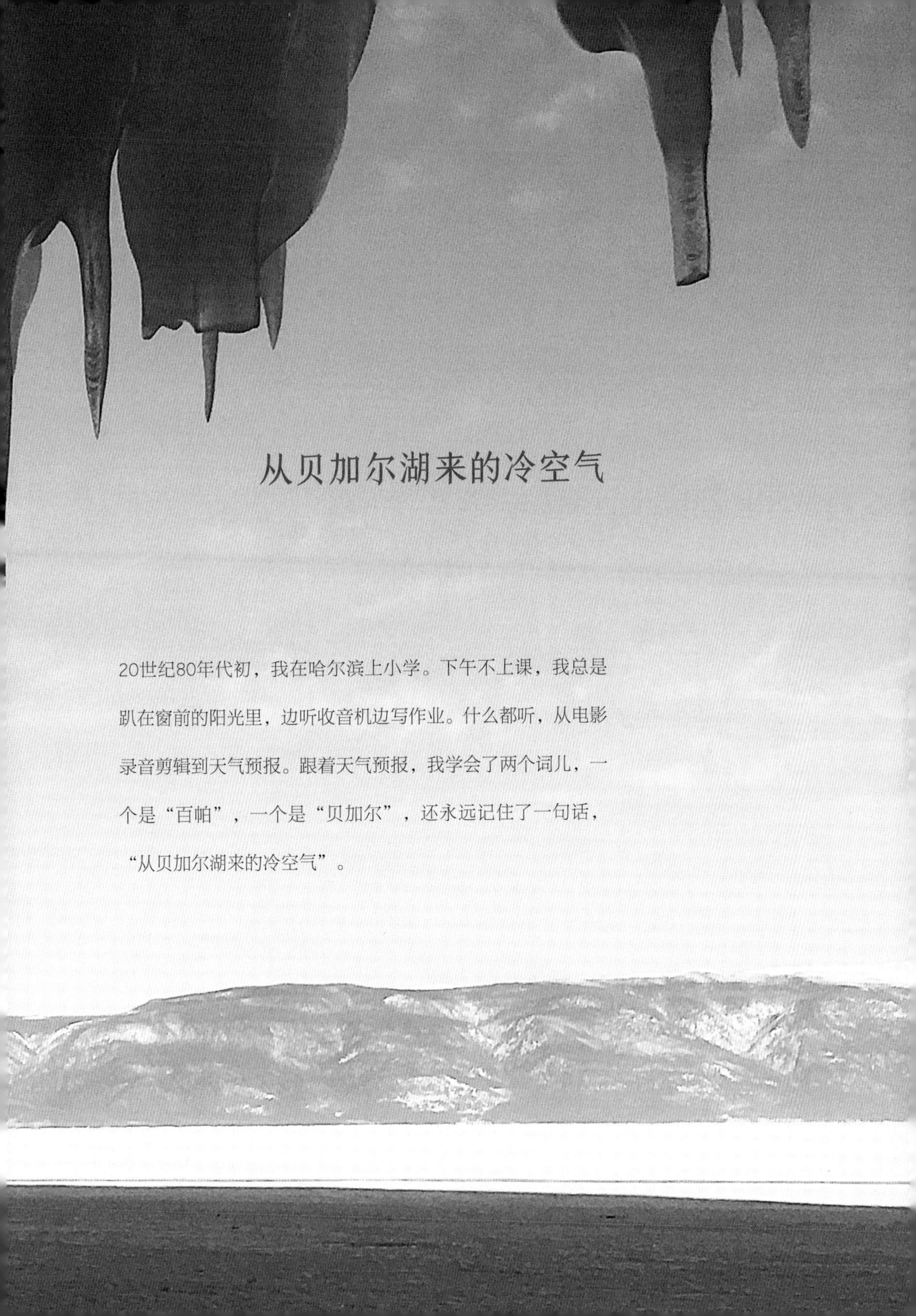

从贝加尔湖来的冷空气

20世纪80年代初，我在哈尔滨上小学。下午不上课，我总是趴在窗前的阳光里，边听收音机边写作业。什么都听，从电影录音剪辑到天气预报。跟着天气预报，我学会了两个词儿，一个是“百帕”，一个是“贝加尔”，还永远记住了一句话，“从贝加尔湖来的冷空气”。

那时，贝加尔是一个遥远到我认为永远不可能去的地方。其实它离哈尔滨很近，比去上海近。时光倏忽，这辈子的作业已写完，我也离开了哈尔滨。一晃，30多年过去了。等到40多岁，去了趟贝加尔湖，这才搞明白一件事：贝加尔湖的冷空气，不太冷。

比起同纬度的许多地区，贝加尔湖其实偏暖。按理说，城市该有热岛效应吧？但伊尔库茨克这个西伯利亚的大城市，12月的温度，却比贝加尔湖岸地区还要低10℃。这个真相，很多人都不相信，因为他们眼见贝加尔湖千里冰封，而安加拉河却一路奔流，满头热气地经过伊尔库茨克。这虽说不是假象，却是表象。问题就出在水上，水结冰时会放出热量，而贝加尔湖可是足足囤积了全世界五分之一的淡水啊。巨量的湖水在结冰时就会放出巨量的热，所以湖区气温就比伊尔库茨克高。安加拉河局部不冻，不是气温的问题，是因为河道的落差大，水流太急。所以，就算安加拉河热气腾腾，岸边的伊尔库茨克却寒风凛凛。路上的行人将嘴巴藏在围巾里，自知对严寒多说无益。

因为释放热量的原因，贝加尔湖封冻也算个耗费时间的大工程。而夏天，水体大量地吸收热量，气温升高，也变成了大工程。所以，贝加尔湖区，冬天不冷，夏季不热。一月的平均气温是-25℃。七月的平均气温是20℃。全年温差比蒙古高原大部分地区都小很多。所以，虽然位于地球上最大的大陆的中心，贝加尔湖却没有资格代言“性格极端”的大陆性气候。但是，千万记住，贝加尔并非不寒冷，它只是算不上最冷。教训一下粗心大意的到访者，还是相当冷酷无情的。

它是你的命运

与希腊众神不同，贝加尔湖的神灵并非栖息高山，而是寄身小岛。贝加尔湖有27个岛屿，像蓝绸子上的27个泥点儿。其中的25个泥点儿，都太小了，在小比例尺的地图上根本看不见。剩下两个大的，一个是奥利洪岛图壹，一个是大乌司加岛。据说，贝加尔湖的神灵就住在奥利洪岛上。

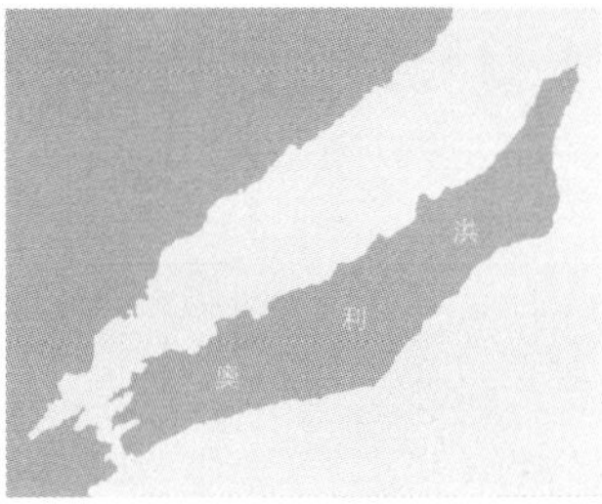

壹 奥利洪岛

奥利洪岛是贝加尔湖最大的岛，这是一个荒凉的布里亚特名字，意思是“稀树岛”。据说它是这个星球上五个萨满能量极之一。奥利洪能量这么大，却也有对付不了的东西——不是什么妖魔鬼怪，是风。奥利洪就是拿西风没有办法。

经常，海豹还在北边海岬晒着太阳，西风就已逼近贝加尔湖西边的沿海山脉。它以雾为衣，用乌云缝它的战袍。在沿海山脉的西侧爬坡。等爬上山顶，乌云和雾却被寒冷打劫，水汽散尽，落雨有如魔女银发。肥水都便宜了山坡，却亏待了近在咫尺的奥利洪。西风赤身裸体，两手空空，脾气还不小，就跟奥利洪过不去。它狂飙突进，狠命鞭打着这个萨满岛。岛上的松树要是不卧倒，就只能找个避风的洼地直直腰了。岛上灌木也稀少，就连野草也不是到处都有。奥利洪岛，打个比方，它荒凉如胴体。残存的稀疏的植物，如体表的腋毛或残眉。

靠近东岸的大乌司加岛[图壹]，与奥利洪岛相望不远，却命运迥异。话说西风在西部沿海山脉把雨水挥霍完，怒气冲冲地越过奥利洪，继续在水面赶路，路程漫长，又赚到了些水汽，云霾堆积，面色渐深。它裹挟着横财，湿润富足。等到它氤氲上岸，带来的馈赠真是价值不菲。被雨水恩泽的大乌司加岛青翠瑰丽。在水越橘、红醋栗、野蔷薇、野菊、石竹和蘑菇的上方，是高俊的落叶松在筛选着天光。这里没有萨满鼓，只有啄木鸟不时打破寂静，仿佛催促驻足遐想的行人。

图壹 大乌司加岛

西风，对一个岛屿是掠夺者，对另一个，却是恩主。西边不雨，东边雨，这就是命运的戏码。在西风的身后，在青翠的大乌司加岛的西方，是贫瘠、枯黄的奥利洪岛。西风虽然无理，但大乌司加不敢鄙视。因为那里是萨满的岛屿，是魂在草尖疾行的贝加尔的灵域。

贝加尔，是风暴的故乡

向左，向左，向左。为了抵达另外的海岸，必须离开海岸。在利斯特维扬卡，向左，沿着比花体字母繁复的山道，去探访另外的海湾。它们一湾一村，像蚌壳翼护着珍珠。没有班车，没有公路。除了翻山越岭，只能斩浪劈波。放弃轮船，走进有巨蛇嘶嘶作响的泰加森林，走进鞑子香主持的五月。每一天，我在沿海山脉的褶皱里奔走，通常会先于夕阳进村，在进村前的最后一个山坡上眺望墓地、教堂和屋顶上荡漾的翅膀。那时，天际尚未变粉，阳光在水面洒满了白银。每个海湾都有一个码头，每一个码头都空旷无人。天光炫目，却有奇怪的宁静，像被记忆的风暴统治。码头与贝加尔，是彼此伤害过的情人，陷入沉默，不愿触碰过往。

贝加尔，是风暴的故乡。初春的风微弱得激不起波浪，夏季也只是偶有风雨，最猛烈的风发生在10月至11月。当松树颤抖，像萨满招摇的手臂，当巨浪似蹿跃的恶鱼撕扯低飞的乌云，它来了，那是风暴，回到了故乡。船长的自信转为恐惧，诗人的赞美变成悲号。贝加尔，将变身暴君。

速速回返，皮划艇上的女子。凡平静处必有波澜候着，须知水与土的温差生成风，像两个不合之人升起情绪，你嬉戏的地方就是两者斗狠之处。上万吨的乌云逼近，水面亮出十万白刃，波涛的魔军正在聚集。

栈桥上等待渡轮的旅人，不要被身后雪山的敦厚欺骗。它正将冷气推下山巅，并用速度焚烧。空气即将坠入昏聩的高温，融化积雪，拔起树木，掀翻栈桥。

经验丰富的船长，时刻提防山谷的阴谋。在巴尔古津，库尔图克，沙马尔，上安加拉，每个河谷都像风箱积蓄着能量，随时向湖面喷射不安。而当相对的山谷吹出各自的狂风，平静的湖

水将撞激绞杀，似众神操纵的希腊和特洛伊。骇浪把船只甩向悬崖，惊涛将水手扔进呕吐沥青的深渊。贝加尔以生命为奖赏，恩惠鱼虾和浮游的精灵。

切勿侥幸去挑战概率。秋天，贝加尔变身暴君，它生杀予夺，也可将你玩弄戏谑。1834年有三只大小相同、载重不同的船驶向东岸。第一只六小时到达全凭顺风。第二只却游荡了一周。而第三只，我们可以把它叫作尤利西斯，它被迎面的烈风吹到了奥利洪岛，足足过了三个星期才勉强抵岸。这就是风暴编写的剧本，贝加尔导演的《荷马史诗》。

风暴归乡之日切勿靠近贝加尔，它的水，蛊惑你体内的水，让你焦躁不驯。忘掉英雄，切勿冒险。当船被巨浪捧上天，那并不意味着你已登上巅峰。西伯利亚自负的旅人，你只是个过客，而贝加尔，是风暴的故乡。

白日拖延，像漫长的告别

之后的日子，总是想起利斯特维扬卡的黄昏。

最初，光线像银针，虽说尖刻，已然妥协。

随后它们被镀金，摩擦散步者的手臂，仿佛琴弓。

最后光线变红，风把它的温度送到你的腿上，触觉就像恋人的长发

当你苏醒，时间已变得不真实。广场不再喧嚣，赶路的人停下脚步。

沉默的用餐者，杯酒已尽，凉气升腾，西天像壁炉，照亮他的额头。

这是白昼的危急时分，夕阳是纵火犯，正点燃天空。

太阳落山，仍把愤怒寄存在山顶。它似乎不肯离去，蹲在山后，陷入委屈。

就像一个人，不舍此生。

我走回半山上的酒店，推开窗户。已临近子夜，山后的光已暗淡。

它睡着了，像个孩子，梦中还诉说着不满。

人到中年，对光线敏感，也会在意“阳光照在脸上”这种小幸福。

我好像明白了，光线，就是时间的腕足。

后半夜，林子里有雨路过，像搬家的狐狸。

月 光

当月亮俯身水面，贝加尔为之颤抖

浑圆如萨满鼓，白如叶尼塞银

意义无穷的浑圆，因挤压而变形

贝加尔无所适从，暗潮局促，辗转反侧

风翻阅木门，叫醒了浅睡之人

月亮在水中煮着自己的影子，贝加尔并不沸腾

地上霜，是风在芦苇中说过的

是鸟在雪上书写过的

明月居高照看，贝加尔，酣睡的酗光者，万顷茫然

西伯利亚不寐的旅人

你想了想生命中的某些年份

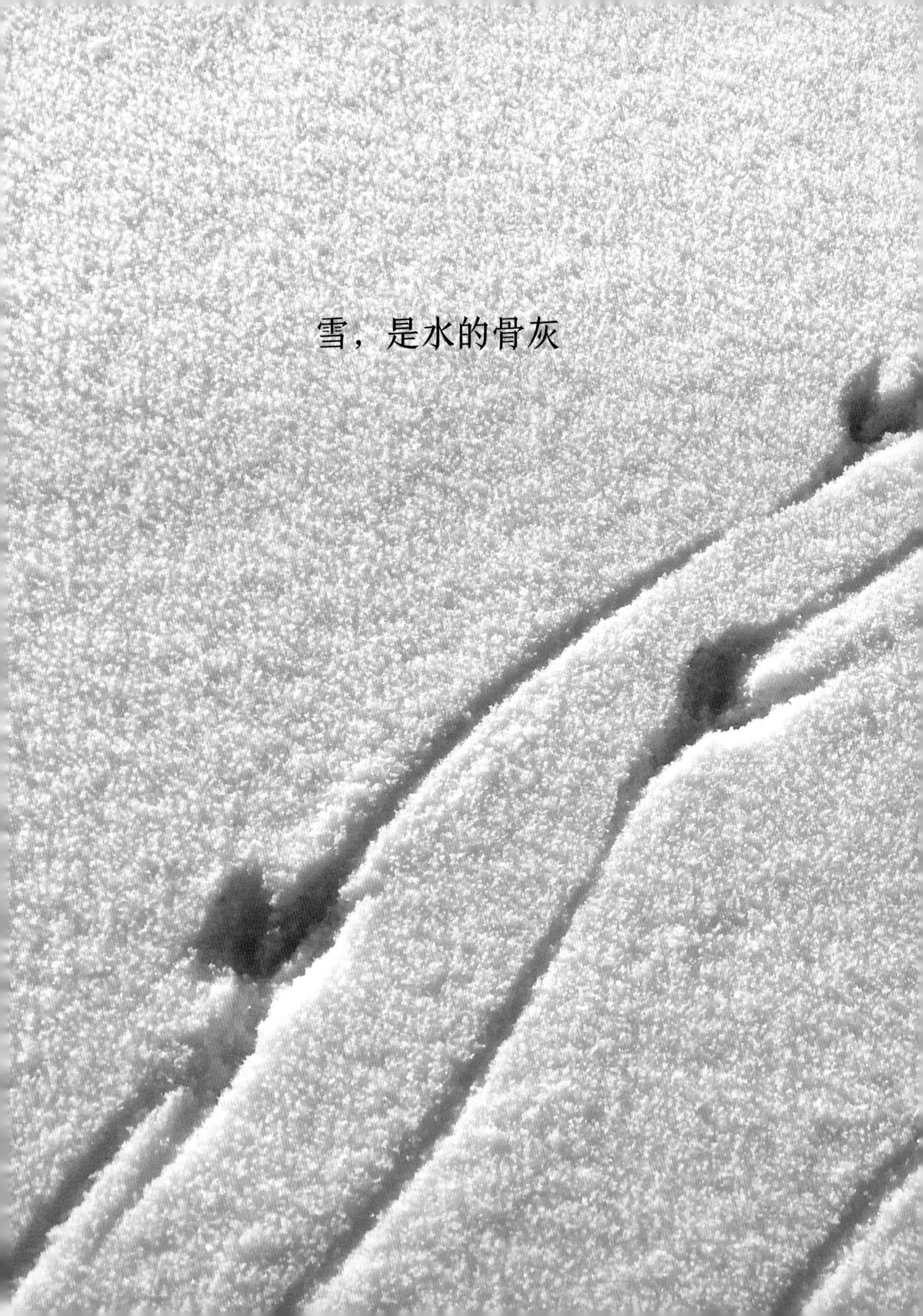

雪，是水的骨灰

在玻璃上钻研园艺的，是二月。请把目光从伟大的事物上收回，带你穿越宇宙的星图就藏在一朵雪花里。雪，是水的骨灰，是比恐怖更白的遗忘，已接管了空旷。它取证飞鸟的足迹，围剿生存的自信。大雪包扎贝加尔的伤口，已令捷径变得危险。

这一路，发动机剧烈咳嗽，像哮喘的猫。不断有雪跳起来追赶车轮。奥利洪，与你渺小的忧伤拉开了距离。大雪，仿佛革命，掩埋了衰败。寂静，蒸馏语言，让交谈像摆脱糖的酒精。洁白，若是贝加尔必须遵循的律法，那庞然的陌生感，便是荒野的基本教义。阳光，挥舞长鞭，放牧着二十七只岛屿。在冷酷世界的尽头，在你和岛之间，只有车辙，仿佛它是你的码头，或者你是它手牵的风筝。

利斯特维扬卡到伊尔库茨克，天地无光，云在赶路，披头散发；群山涌动，似象群的脊背。当你回到那些街道，教堂尖顶戳破一万匹枕头。漫天大雪，是狂风撕碎了天鹅。二月十四日，伊尔库茨克，冬天把它借贷的梨花，在一天内还清。

ПОКА ЖЕЛЕЗО ГОРЯЧО
ЛЕДНИЙ И РЕШИТЕЛЬ
ЦИОНАЛОМ ВОСПРЯ-
АРМИИ ТРУДА
ВЕСЬ МИР ГОЛОД-
ЩЕННЫЙ И В СМЕРТНЫЙ
ВЛАДЕТЬ ЗЕМЛЕЙ
ИМЕЕМ ПРАВО, НО
ПАРАЗИТЫ-НИКОГДА
•И ЕСЛИ ГРОМ ВЕ-

屋檐在嚎叫，窗户闪烁，像茨维塔耶娃的炉膛。门灯裹紧暴雪，瑟缩在列宁咖啡馆的台阶。子夜是个站台，将把这些房子送回过去。街两旁，它们沉默，如念旧的老马。

你将在黎明启程。那时雪已收敛，阳光擦亮黄铜的门把手，雪重新规定了枝条恭敬的弧度，令河岸变得蓬松，让修道院的钟失去嗓音。安加拉河边，那躬身行走的人，面孔白如雕像，悲伤深不可测。

没有船开往上一个秋天

码头封闭，栈桥倾颓，钢铁的鲸群搁浅于二月。当贝加尔贯彻了北方的意志，脚下的星球也为之惶恐。奥利洪纠集乌云，拦光喊冤。贝加尔，这失重的水，如何匹敌西伯利亚的权柄。冰层缄默，不为所动。没有船去斯柳江卡，没有船去巴尔古津，没有船开往上一个秋天。

冰帆像被切除身体的鳍，在风中游荡。

启程那日，你自怜、自负，不怕天寒，不畏路远。

而今你离开了现实，四周是超现实的现实。

临歧择路，你寡断优柔，开始后悔你的后悔。

二月，以为都变成了误以为，彼岸竟然是回头是岸。

之前的明智将被摁进醒悟，窒息而死。

你对某些事的回应，是用盐喂养伤口。

是离开了问题的答案。

你的逻辑，是被封印在冰里的鱼，死不瞑目。

ЁЖИК

步入中年，难免脾气变苦，像烤焦的杏仁。即便用文字谴责自己，也总是脱靶。而今你热爱一切，却什么都不想要。螺旋桨在雪雾中迷路，你的额头白如芝士。那行走的人是雪地上唯一的污点。他的身体渴望壁炉，他的内心依赖寒冷。

落日盛大，似谎言

当白日挥霍威权，夜的余孽溃散为阴影，它们藏身山阴，以待夕阳末路。大地上漫游的人，你被悲观裹挟，散发出自负的酸腐。你藐视冰面上的那些雀跃者，他们陶醉于日落，沉浸于荒诞的须臾。看啊，太阳每况愈下，寒冷与时俱进，风振振有词。

落日盛大，似谎言。它派发黄金，安抚不舍。

你叮嘱自己，切勿让理智落入圈套。

看吧，群峰惨败，其血玄黄。

夜晚终将收复世界，女巫撕碎的黑披风得以复原。

你退守洞穴，想回避那一时刻：白昼与地平线同归于尽。

你，以回忆为故乡的悲观者，背负往事散步的中年人。众人雀跃，唯你不美。

你本可将自己救出忧郁，但你虚荣地选择了迟钝。

那是地狱透明的屋顶

一条600公里长的玻璃栈道，在1600米的深渊之上。那是地狱透明的屋顶，是贝加尔湖玉化的表层。那是贝加尔与二月签订的条约：放弃浪潮，允许不善游泳的生物自由通行，如此，31500平方公里的疆界得以保全。

人们离开大地，走到深渊之上。贝加尔以沉默为铠甲，凝固言说，放弃辩解。然而，巨兽早悬浮于黑暗，审视头顶这脚步战战兢兢的一群。鲟鱼飞翔，魅影潜行，岂是尘世俗眼所能窥探？他们只能从猜测中赢得快乐，却无视贝加尔发给他们的公文：那些基因链般的气泡，并非上帝排布下的星辰宇宙，那是经过编码的亡灵书，来自地壳开裂之处。在那里，死去的水手尚未自前世脱身，他们熬着黏糊糊的沥青，徒劳地修补沉船。

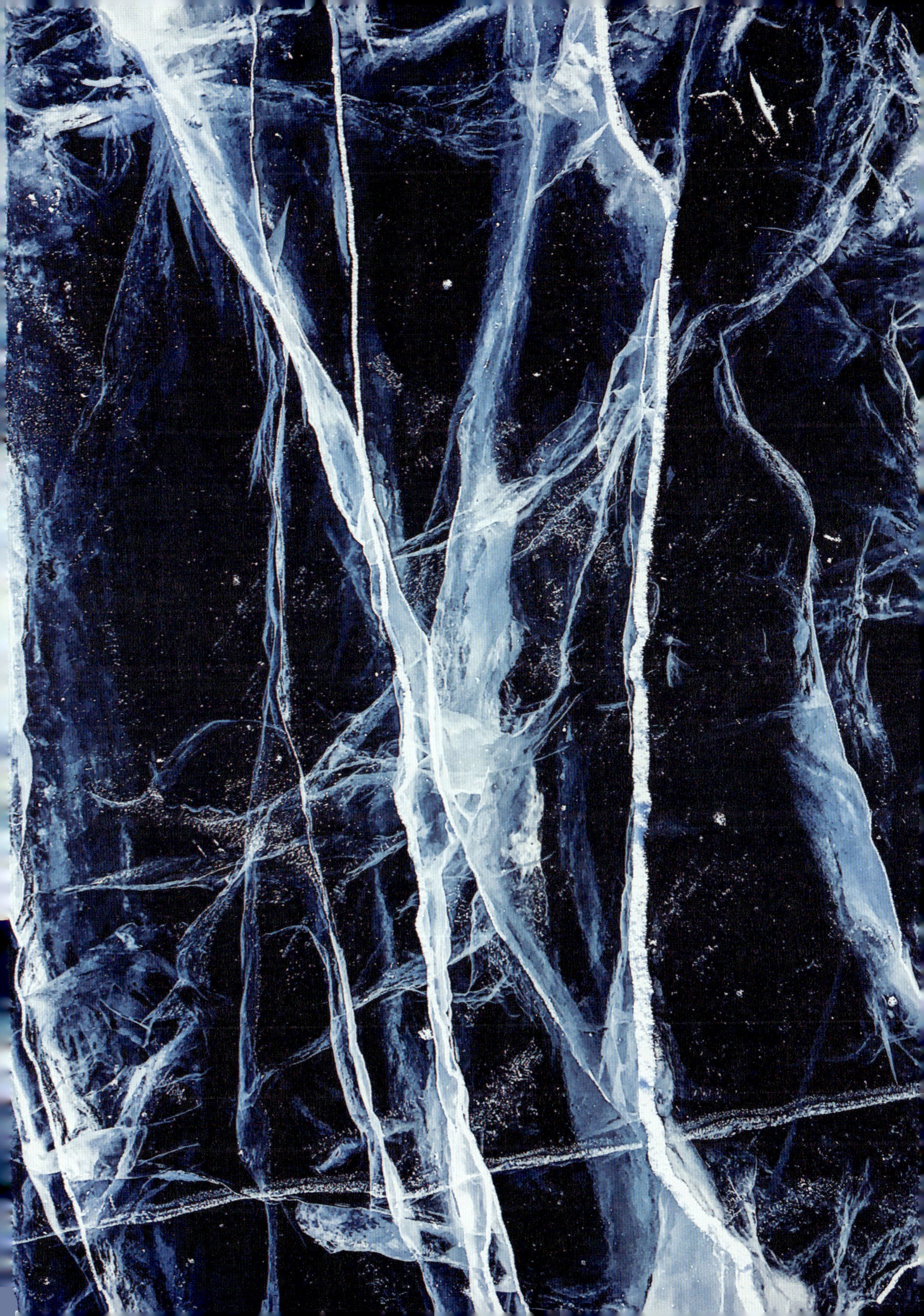

蓝冰是天穹碎片，也许是光的结晶。人们用比喻描绘蓝冰，却不知，它们是伤口的分泌物，来自被缚的贝加尔。它奋力挣扎，肌肉的蛮力便撕裂了结痂。蓝冰是伤口的分泌物，人们毫不知晓。冰面上马达轰鸣，冒险家奔赴一个又一个伤口。那些发现富矿的暴发户，起初战战兢兢的胆小者，开始信任这一米的承诺，他们雀跃蹦跳，阔步前行。直到听到一种声音，似甲板开裂，如雷声隆隆。那是冰块在角力，是水在嚎叫。那是贝加尔，即将废除与二月的约定。衣服被恐惧浸透，预感缔造了片刻的沉默。只有风，啸若口弦。在远离陆地的深渊之上，那些人已穿过新奇，回到谦卑的根本。

第二章

史诗

Скуби стихи

徒步，走了75000年

今天，如果有开罗直飞伊尔库茨克的航班，航程应该是10个多小时；而现代人类的祖先第一次走出非洲，从开罗到贝加尔湖，足足用了75000年。

据说，10万年前，现代人兵分两路走出非洲，他们一路迁徙，最终取代了所有早已散布在各地的人类的远亲。对此我保持怀疑，但暂且尊重“据说”。

离开非洲的人们以亚洲为目标，沿着a、b两条路线前进：a线是从非洲经西奈半岛抵达西亚；b线在a线南边的东非渡过红海，经阿拉伯半岛前往南亚。a线集团随后又分为两支：a1向西成为后来欧洲的原住民；a2从里海向东走，遇到了兴都库什山、天山、喜马拉雅山等山团的阻隔。有一部分人心累了，不愿意绕路走了。我们叫他们a2-1，他们或者就地留下来了，或者翻越最好翻越的兴都库什山进入更加温暖的印度。那些心不怕累、有理想的，不愿放弃的，就叫他们a2-2吧，追着迁徙的兽群继续北上。他们中间，心无旁骛一根筋要追到底的，是a2-2-1，他们追到西伯利亚。但是天气过于寒冷，他们不能像乌拉尔山一样一直走到北冰洋，只能先在西伯利亚南部狩猎等待。他们需要等待机会，绕过萨彦岭的西北方才可以逐步东进，抵达贝加尔湖。

另一部分爱探索的人，a2-2-2，并不一心一意追野牛，分心了，却在今天哈萨克斯坦附近发现了一条孔道，沿着阿尔泰山南缘进入今天的中国新疆，再往东走，就是河套，继续向东，就是今天的北京。

然而，当a2-2-2人群抵达河套和北京的时候，他们发现自己只是后来者。冠军也不是往北追野兽的同胞，却是75000年前同时从非洲出发的那些走b线的老乡。他们借了气候的光，飞快

猛犸

通过了温暖的南亚、中南半岛，进入中国，迅速北上。他们在北京及桑干河流域已经等了10000年。他们用骨针缝衣御寒，他们佩戴贝壳项链，他们吃果子狸，他们埋葬死者，并在仪式上撒下赤铁矿粉。这里有鬣狗，没有披毛犀，也没有猛犸。这里过于温暖，猛犸已经北上，身后是紧追不舍的猎人。

贝加尔湖岩画上的猛犸

从地图上可以看到，从华北河套到蒙古高原，可沿河而下，由色楞格河河谷进入贝加尔湖。然后，随安加拉河北上，进入叶尼塞河流域，是东亚人类进入西伯利亚最便捷的通道。不只是古人类，这也是几万年来，各种族、商旅、军队选择的捷径。

从华北到贝加尔湖

25000年前，a2-2-2人群加入了先到的b人群，在河套及华北休养生息，也不时向北移动进入贝加尔湖。随后，他们又与a2-2-1人群相遇，融合。向北，向东北。这些人在西伯利亚休整了10000年，最终找准时机，渡过白令海峡，进入了美洲。那时距离他们走出非洲已经85000年。

环首刀，从鄂尔多斯传到贝加尔

图壹 鄂尔多斯出土的环首刀

那年二月去贝加尔，带了本《秋笳集》，作者是吴兆骞，江南名士，清初被流放宁古塔。和苏武一样，也是个冰天雪地里的可怜人。飞机还没过乌兰巴托，我就注意到一个现象，他诗里频繁使用一个词：刀环。比如“若得鸡竿再下，早赋刀环”。一提“刀环”，就得聊一下环首刀图壹，这就又跟贝加尔扯上了关系。

《汉书》中有这样一段：“昭帝立，大将军霍光、左将军上官桀辅政，素与陵善，遣陵故人陇西任立政等三人俱至匈奴招陵。立政等至，单于置酒赐汉使者，李陵、卫律皆侍坐。立政等见陵，未得私语，即目视陵，而数数自循其刀环，握其足，阴谕之，言可还归汉也。”啥话都没说，李陵就明白了。言“无”意赅！汉使者握其足，意思就是走。刀环的“环”和“还”同音，以刀环为“还家”隐语，就是暗示李陵：有机会咱就回家。搞明白刀环的意思，也就知道，李商隐说的“空看

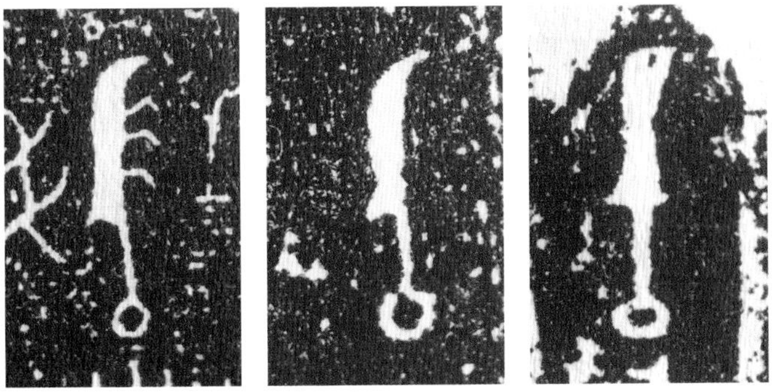

[叁]商周金文中的环首刀

小垂手，忍问大刀头”，指的肯定是环首刀[图壹]。

[壹]汉画中的环首刀

在西汉，刀在战场上逐渐取代了剑的地位。在格斗中，环首刀常和一种叫作钩镶[图贰]的武器配合使用。钩镶的中部有小盾牌抵御敌刃，两边有钩，可以钩住敌方武器，再用环首刀进攻。

[贰]汉画中的钩镶

我们不能判断的是，文中汉使者握的刀环，是自己的佩刀，还是匈奴人解肉的餐刀。因为，两者都有可能是环首刀。在苏武牧羊的贝加尔湖地区出土过环首刀，在单于置酒的蒙古腹地也出土过。虽然出土过环首刀，但它们却不是环首刀的发源地。环首刀的源头在中国北方，今天的鄂尔多斯。那个时期被称为朱开沟文化。鄂尔多斯出土了中国最早的青铜剑，是环首的，还有环首刀。这里不仅影响了蒙古高原和贝加尔湖地区，就连殷墟的环首刀[图叁]也受其影响。历史上，中国北方、蒙古、外贝加尔曾同属于一个冶金区。鄂尔多斯是这个冶金区的一个中心。

他们就是被周武王的爷爷打败的鬼方

[壹]铃首剑（作者拍摄）

贝加尔湖地区，发现了环首刀。在贝加尔湖西方的叶尼塞河中游，还发现了晚商时期中国晋陕高原区的铃首剑[图壹]。在贝加尔湖东方和西方都发现了西周时期流行于中国华北的兽首剑。贝加尔南岸发现的带野羊头的青铜器，源头在河北青龙县抄道沟。

[贰]鬼方（甲骨文合集8593）

吉谢列夫在《南西伯利亚古代史》中写道："公元前12世纪，中国北方青铜器广泛北传。一些典型的卡拉苏克文化青铜器是中国北方地区的人群带到叶尼塞河沿岸的。"《蒙古人民共和国通史》的作者说："卡拉苏克时期的特殊文化的产生，是与大批居民从中国北方向这里渗入有关，有些居民可能就是生活在戈壁和黄河之间的畜牧部落。"

公元前12世纪，是中国商代末期。那么"戈壁和黄河之间的畜牧部落"又是谁呢？史书上说，那是一个叫鬼方[图贰]的国家。

鬼方的活动范围在内蒙古大沙漠以南，陕西渭水以北，黄河河套地区。公元前12世纪，鬼方向北方渗透了吗？是的，他们北上了，因为他们战败了。但他们不是被“商”人击溃的，虽然当时是商朝，但主导与鬼方的战争的，却不是“商”人，而是商的属国“周”。古本《竹书纪年》载，“武乙三十五年，周王季伐西落鬼戎，俘二十翟王”。周王季，就是周文王的父亲。《易经》也提到过这件事，“震用伐鬼方，三年有赏于大国”，是说周王季讨伐鬼方有功，受到了大国也就是商的赏赐。打胜的一方有赏，战败的一方又是什么处境呢？溃逃呗！怎么逃？甲骨卜辞里用了一个字——“易”。

己酉卜，宾贞，鬼方易，亡祸，五月。[①]

己酉卜，丙（贞），鬼方易，（亡）祸，五月。[②]

易，可不是容易的“易”，而是“扬”。“鬼方易”就是鬼方的人溃散、逃亡，有点灰飞烟灭的意思。

①乙编6684

②甲编3343

击败鬼方的周王季又征伐燕京之戎、余无之戎、始呼之戎、翳徒之戎，在诸侯中很有感召力，结果树大招风，被商王文丁（武乙之子）杀了。文丁是纣王的爷爷，周王季是周武王的爷爷，仇就这么结下了。你爷爷杀我爷爷，我孙子灭你孙子。

多年后，改朝换代，商、周两家也恩怨了断。鬼方人还没跑光，虽然持续北“扬”，可还有人坚守家园，反抗周的统治，也就是说，这仗还得打。清道光年间，陕西岐山县出土了一件周代的青铜器叫小盂鼎。上面有四百多字的铭文，提及了一个叫盂的人接受周王的命令讨伐鬼方。盂大获全胜，抓了两个首领，杀了四千八百多人，俘虏一万三千零八十一人，还有许多车马牛羊。周康王在位时，曾两次派兵出击鬼方。鬼方被彻底击溃，大批流散。往哪个方向去呢？当时，西方是霸道的西戎，南边是强大的周，都不好惹。只能一部分向东，进驻周封国实力较弱的太行山一线；或者继续北逃，去会合先期北上的族人。

商周鬼方迁徙示意图

自此以后，鬼方这个词从先秦的史籍中消失了。我们只知道东进太行的鬼方被称为狄。这个狄就是翟，也就是周王季伐鬼方俘获的翟王的翟。那么问题来了，那些向北扩散，把青铜器带到贝加尔叶尼塞河流域的鬼方部族，叫什么名字？是不是就是翟呢？

丁零[1]，就是逃到贝加尔的鬼方

[1]丁零，在不同的古书中也被写作丁令或者钉灵。

鬼方流散后，戈壁与黄河之间没有特别强大的国家出现，史书少有记载。对贝加尔叶尼塞河流域的民族，史料中也没有提及。直到战国末期匈奴崛起，这个区域才进入史家视野。

以今天的疆域来划分。匈奴可算是纯正的“中国人”。他们原来生活在近邻长城的阴山、河套地区，那里也是鬼方的老家。公元前221年，秦始皇灭六国。之后“使蒙恬将十万之众北击胡，悉收河南地”，占据了河套地区。司马迁说，当时的匈奴单于头曼，“不胜秦，北徙”，跑到了阴山以北。头曼的儿子冒顿杀父即位，继续北扩，征服了浑庾、屈射、丁零、鬲昆、薪犁。这里的丁零不一定是《山海经·海内经》里“其民从膝以下有毛，马蹄，善走”的“钉灵之国”。但可以确认的就是《汉书·苏武传》里“其冬，丁令盗武牛羊，武复穷厄”的丁令。丁零人当时居住在贝加尔湖以及南方蒙古高原的色楞格河、鄂尔浑河流域（匈奴北上，占据了蒙古高原的大部分，才将丁零人挤压到了北方的贝加尔湖区域）。你会发现，这个区域和前面提到过的中国北方青铜器的北播地点完全对应。

问题来了：这个丁零或者丁令或者钉灵，他们什么时候来到这里？他们是公元前12世纪开始迁徙到鬼方的吗？问题放在这儿，先往后看。公元48年，匈奴裂为南北。南匈奴归汉；北匈奴境内，数十万包括丁零人在内的奴隶离叛。丁零又会同鲜卑夹击北匈奴，北匈奴苦撑不下，公元90年，被汉灭国。匈奴灭亡后，留在草原上的丁零人卷入了民族融合的大潮。魏晋时期，丁零不断内迁，其前锋的一支在今天河南省北部、山东省西部建立了大魏国。注意啦！这支丁零自称翟氏。没错，就是周王季伐鬼方俘获的翟王的翟，也是周代东进太行山的鬼方自称的“狄”。顺藤摸瓜，到此似乎可以推定，丁零真的是鬼方。其后的蛛丝马迹就层出不穷了。比如：在蒙古草原经历民族融合的拓跋鲜卑入主中原后，构成贵族的勋臣八姓和内入六十八姓中，可能出自丁零的姓氏有十九个，其中就有一个狄氏；狄当然就是翟，是周王季伐鬼方俘获的翟王的翟；北魏之后，晋初，大量丁零人内迁，分布在今天河北正定、赵州，山西恒山、潞城一带的又是翟氏。

现在，我们可以替吉谢列夫把话说得更肯定些了：公元前12世纪，中国北方青铜器广泛北传，是与大批被称为鬼方的族群有关；他们是原来生活在戈壁和黄河之间的畜牧部落，经历了与商、周的战争，生存空间被挤压，被迫陆续从中国北方向蒙古以及南西伯利亚渗入；正是他们将中国北方青铜器传播到贝加尔湖畔，并一直生活在那里，他们的名字是丁零。

丁零匈奴位置分布图

《苏武传》里的密码

阿巴干出土的辅首

《汉书》里并没有我说的《苏武传》，苏武的生平，都在《李广苏建传》里。

阿巴干出土
"天子千秋万岁常乐未央"瓦当

律知武终不可胁，白单于

律是卫律，他的父亲原本是长水的胡人，卫律自小生长在汉朝。与协律都尉李延年关系友善，受到李延年举荐出使匈奴，等到使团返回的时候，却赶上李延年全家被诛。卫律害怕受到牵连，就投降了匈奴，被且鞮侯单于封为丁零王①。后来李陵也投降匈奴，单于立李陵为右校王。但李陵居于外庭，有大事，才入内议事。卫律深得单于喜爱，常在其左右。苏武被拘。因卫律投降匈奴在先，所以派他现身说法。卫律劝降未果，苏武以死明志。

① 1940年夏天，在哈卡斯自治州，阿巴干附近发掘出一批中国建筑，其中有铭文为"天子千秋万岁常乐未央"的瓦当，考古学家认定为汉代建筑，推测这个建筑的主人就是李陵。但实际上那个地方属于丁零核心，而一个官员，在丁零境内，又和汉地有渊源，很可能是卫律。

单于愈益欲降之，乃幽武置大窖中，绝其饮食

这里的窖是用来贮藏物品的，很可能是粮窖。远古时贮粮，最简便的方法是装在地窖里。《说文·穴部》：“窖，地藏也。”如《史记·郦生陆贾列传》所说：“夫敖仓，天下转输久矣，臣闻其下乃有藏粟甚多。”所谓“其下”的藏粟之处，就是指地下的粮窖。考古发现，在原始社会的一些遗址中，有相当大的窖穴，盛满了带有谷壳的稻谷碎末。

天雨雪。武卧，啮雪与旃毛并咽之，数日不死

旃，也写成氈，就是毛毡。《说文》：“氈，撚毛也。”就是

把羊毛等物碾制成像毯子一类的东西。北魏贾思勰的《齐民要术》强调，“凡作氈，不须厚大，唯紧薄均调乃佳耳”。匈奴人“自君王以下，咸食畜肉，衣其皮革，被旃裘”。他们制旃，然后又用旃做原料，生产旃帐、旃衣、旃车、旃席。估计苏武吞下去的旃，来自裹在身上的毯子。旃其实没有编织，是通过踩擀压制成的，今天新疆维吾尔族的制毡工艺，可能还是他们的汉代祖先丁零人在贝加尔湖边使用的手法。因为不是编织的，所以容易撕扯成小块，当然，也不会像撕扯棉花糖或肉松那样容易。吞到胃里的旃无法消化，只是减少胃部的不适感。这和赵尚志吞棉花充饥是一个道理。

匈奴以为神，乃徙武北海上无人处

北海，就是贝加尔湖。苏武没有饿死，匈奴觉得很神奇，就把他流放到贝加尔湖这个荒无人烟之地。这可不是随便选了个地方，贝加尔湖，是在卫律管辖的丁零地界。之前卫律劝降未果，这次又把苏武流放到他的辖区，单于的意思是，“这事儿你还得接着办啊”。

壹 羖（甲骨文）

于省吾先生考证这是一个会意字

专指放羊，相当于牧羊

使牧羝，羝乳乃得归。
别其官属常惠等各置他所

羝，就是公羊。《诗经·大雅》里有《生民》篇，“取羝以軷，载燔载烈，以兴嗣岁”，说的是把公羊扒皮，烤肉，祈祷好年景。匈奴人让苏武放牧图壹一群公羊，可不是让他有烤羊肉吃。单于许诺，等公羊能哺乳图贰小羊（不是说它能生小羊）就放了他。就是说，除非海枯石烂，天地合为一体，才放了你。

贰 乳（甲骨文）

壹 汉代随葬陶仓

贰 埃文基人储物仓

武既至海上，廪食不至

苏武到了贝加尔湖边，没吃的。廪食，就是派发的粮食。古话说“仓廪实而知礼节”。仓和廪都是藏粮食的，它们之间的区别要看用途：廪用于储藏米，也就是加工完的“已舂之谷”；仓则用来储藏“未舂之谷”。《文选·藉田赋》李善注引《月令章句》，将仓图壹与廪对举，谓：“谷藏曰仓，米藏曰廪。”廪一般比仓小，构筑也更讲究，因为精米比原粮价高。《释名·释宫室》甚至说：“廪，矜也，宝物可矜惜者，投之于其中也。”

汉代的廪，往往是栏杆式建筑，这与中国北方藏粮食的方式比较接近，东北农村有苞米楼子，远离地面，防潮也防鼠类偷吃。今天西伯利亚原住民也有这种形式图贰的粮仓。

野鼠

掘野鼠去草实而食之

字面的意思就是，苏武没粮食吃，就挖洞抓野鼠，开肠破肚，挤出肠子里的残余，吃野鼠。可不是从野鼠肚子里取没消化的草籽吃。听起来这像说瞎话，暂且相信这是真事儿。一听说苏武吃野鼠，今天的人可能觉得恶心，放在当时，长城以南的汉朝人也并不适应，可能会眼圈一红。然而，在生存面前，习惯和顾忌又算得了什么？活下去才是第一要义。何况，野鼠也不一定难吃。在苏格兰的史前村落罗斯卡拉布雷，就发现，今天这不吃那不吃的欧洲人5000年前狂爱烧烤野鼠。北京的山顶洞人爱烤果子狸，比广东人早25000年呢。

有点儿扯远了，其实我想较个真儿，想知道苏武吃的是哪一种野鼠。苏武被流放的区域，是两个动物地理区——西伯利亚区

壹 土拨鼠　马刚拍摄

和中亚、西亚的交接地带。从《苏联大百科全书》中可以查到，这里有阿尔泰田鼠、土拨鼠、灰色野鼠、森林野鼠、北方兔鼠、大耳山野鼠、窄头野鼠等等。这个区域的民族，本就有吃野鼠的习惯。比如，西边萨彦岭下的都波人（图瓦人）就吃百合根和野鼠。只是史书也没说都波人吃的是哪一种。可以确认，布里亚特人喜欢吃土拨鼠[图壹]。1844年出版的《外贝加尔边区记行》说布里亚特人，当寺庙住持光临，那些“美味的食品，烤土拨鼠或肥羊头，在请其他客人吃之前，必先敬奉喇嘛”。蒙古人也喜欢吃土拨鼠。《蒙古秘史》第八十九节说，铁木真和母亲团聚后，“就往布尔罕山前面的古连勒古山里”，在“阔连海子住下，那时候会捕杀土拨鼠和野鼠为食”。土拨鼠，就是旱獭。这个獭的发音可以和蒙古语里的tarbaghan攀攀亲。蒙古和新疆地区都出产土拨鼠皮。新疆的塔城，原名叫塔尔巴哈台tarbaghtai，也是因土拨鼠得名。蒙古捕猎者多掏出土拨鼠的内脏（可能苏武“去草实”说的就是这个步骤），把烧红的石块塞进土拨鼠的身体里，做怀石料理。《蒙古秘史》里说的和土拨鼠一块儿吃的野鼠是田鼠，蒙古人很少有人吃。铁木真一家应该是处境窘迫，饥不择食。想来，苏武也是如此，严酷的环境哪能惯出挑食的毛病？不一定总能烤上土拨鼠，只能是抓到什么就吃什么了吧。

说得这么热闹，其实汉书作者并不承认苏武吃野鼠。原文是：“掘野鼠‘弆’草实而食之。”这个“弆”图壹并不是去，念“jǔ”，保藏的意思。是说苏武掘开野鼠的洞，找到它藏在里面的草籽儿充饥。之所以是草籽儿，因为是荒原，野鼠也没什么好吃的。到了中国条件就会好很多。过去东北农民经常挖野鼠洞找粮食，尤其是荒年。东北有一种野鼠叫“大眼贼”，这家伙是惯偷，还是基建狂魔。洞穴复杂，有专门的粮库，一个洞里偷来的粮食能有好几十斤。我一直在想，苏武吃草籽的确很催泪，但是顶饿吗？其实偶尔烤个野鼠吃也不是没可能。

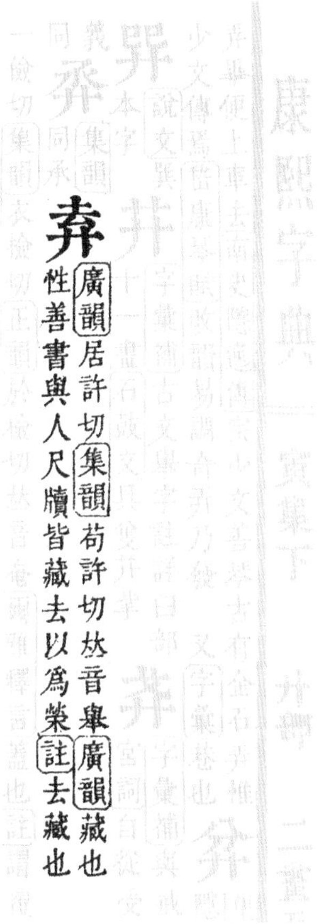

图壹 弆

[图壹]旄（甲骨文）

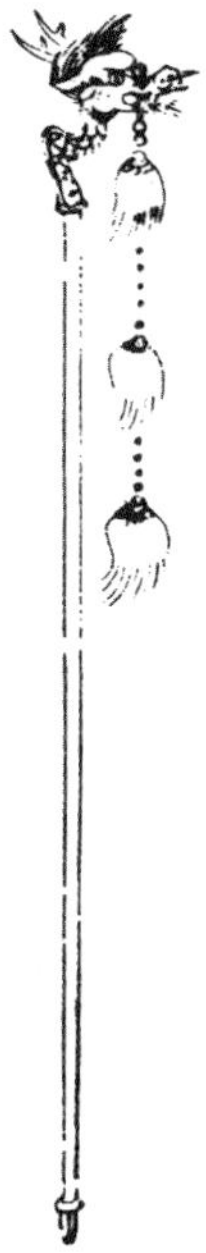

[图贰]旄（引自《三才图会》）

杖汉节牧羊，卧起操持，节旄尽落

旄[图壹]的最初含义是旗，用犛牛尾装饰的旗。旄字，由“㫃”和“毛”组合而成。“㫃”是旗，“毛”表音。说是用尾巴装饰杆顶的旗。“上将拥旄西出征，平明吹笛大军行”，用的什么尾巴呢？犛牛尾。用犛牛尾装饰的旗叫旄，时间长了，把犛牛也叫旄牛了，今天的牦牛就是这么来的。所以，苏武的节杖就是用旄牛尾[图贰]装饰的。每天拿它当鞭子赶羊，毛都掉光了。

积五六年，单于弟於靬王弋射海上

这里说的“弋射”，是用一种特殊的弓箭射鸟。甲骨文“弋”字，像拴系牲畜的立柱。上有桩头能拴住绳子，以免滑脱。就

贰 春秋晚期攻战狩猎纹壶

是《说文》讲的，“象物挂之也”。弋图壹射，就是用拴了绳子的短箭射鸟图贰。

壹 弋（甲骨文）

《淮南子》有言“好弋者先具缴与矰”。缴（zhuó）可不是一般的绳子，是生丝缕。矰是短矢。缴系在矰上，用来射飞鸟。这叫弋射，射到的东西，就是“缴获”。

短矢为何叫矰呢？曾，有累进，更高一层的意思。比如曾祖父、曾孙子。加上矢字旁，矰，表示能飞更高的箭。

叁 贝加尔湖查干扎巴湾岩刻

弋射的是什么鸟呢？《诗》说“弋凫与雁”。意思就是射野鸭和大雁。匈奴人射杀鸭、雁应无问题，只是不能断定匈奴人是否射天鹅，天鹅是贝加尔湖的典型鸟类图叁，是布里亚特人、埃文基人的萨满神鸟，不可捕杀。但同是北方民族的契丹和女真人却用海东青猎杀天鹅。

图壹 战国狩猎纹壶

武能网纺缴

此句可能遗漏了一个“结”字。苏武因“能结网纺缴”而被於靬王器重。是说他善于织“捕鸟”的网和编缴。缴不是随便的一缕生丝，是编织过的很轻的细丝。《易》说“系用徽纆”。我们所说的绳子，都是编出来的，三股叫徽，两股是纆；而再把两根绳子合在一起就叫纠，“纠纆”就是这么来的。

弋射除了缴、矰还要用到什么？仔细观察会发现缴末端拴着物体，往往是球状物图壹。显然那是要用重量拖住猎物，让它无法顺畅飞翔逃脱的。

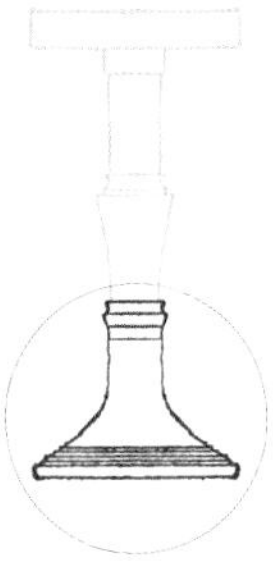

灯檠

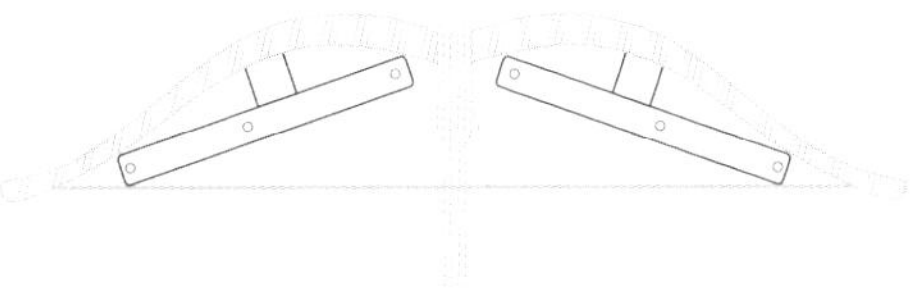

弓檠

檠弓弩

弓弩平时不用，容易变形，会影响攻击力。而檠（qíng）[图壹]就是起到保护弓弩的作用。不使用弓弩时，用绳将檠与弓绑在一起，形成三角形，使弓在松弛的状态下不变形。作战时，再把弓弩上的“檠”取下来。《淮南子·修务训》说：“弓待檠而后能调。”

檠，也写作檄，又有排檠、榜檠，辅檠等称呼。（《荀子·性恶》）榜檄者，所以矫不直也。（《韩非子·外储说右下》）

早在春秋时代，制弓就已经是工艺复杂的工种，需要六种原材料（干、角、筋、胶、丝、漆）。矫正弓弩，得对这几种材质的特性非常熟悉，才能掌握好檠的力度。来自汉地的苏武在这方面应该是个行家里手。

壹 汉画像石上的中轴式踏板斜织机

於軒王爱之，给其衣食

苏武调校猎具的技艺很让於軒王欢喜，便供他吃穿。问题来了，匈奴人对猎具不如汉人精通吗？史书上不是说匈奴人“且驰且射，中国之骑弗与也”吗？没错，但那说的是骑射，不是弋射，弋射不是匈奴人长项。想想原材料就知道了。弋必用丝，不可能用麻绳、毛线。丝之外，其他的纤维都太重，难当大任。匈奴不产丝绸，要向汉朝图壹索取甚至掠夺。汉朝自高祖后，每年都要赐给匈奴大量的絮缯。与匈奴和亲时送的大礼中，锦、绣、丝、缯都不在少数。汉文帝给冒顿单于的信中就列了送礼的清单，提及“绣十匹，锦三十匹，赤绨、绿缯各四十匹”。宣帝时，汉朝赐给来朝的呼韩邪单于“锦绣绮縠杂帛八千匹，絮六千斤”。光有丝绸也不行，还得有技术，中原技术发达，百工兴盛。周朝时，那会儿还没有匈奴呢，造矰矢就已经是门手艺了。对于丝的“玩法”匈奴人肯定不如汉人花样多。不是有那么一句话吗，经济是基础。

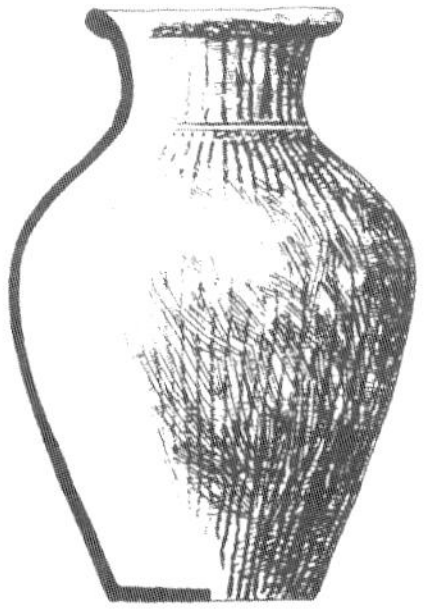

[壹] 伊沃尔加出土的陶罐器形

三岁余，王病，赐武马畜、服匿

服匿，是一个装酒酪的容器[图壹]。据说东夷叫它“服席”，古音的意思大概是水。汉代匈奴的陶器多为轮制灰陶，器形多为小口、圆肩、长腹。服匿应该是其中的典型。有些服匿还在下部的器壁上凿小孔，用来漉酒。

穹庐

要说穹庐，得先说穹；要说穹，得先说弓。弓，最初的意思就是弯曲，后来才被用来指代射箭的那个工具。所以说呢，穹和弓箭的弓本没联系，它就是一个不那么四四方方的空间，比如窑洞、洞穴之类。用多了，穹也指代天了。比如：以念穹苍（《诗·大雅·桑柔》）；穹苍，苍天也（《尔雅·释天》）。

说完弓和穹，再说穹庐[1]。唐代颜师古说："穹庐，旃帐也。其形穹隆，故曰穹庐。"穹隆，最初指的是穹这种空间中间隆起的部分。后来，穹隆也用来形容天，比如《太玄·玄告》："天穹隆而周乎下。"再后来，索性穹隆就是天。晋葛洪《抱朴子·喻蔽》："若如雅论，贵少贱多，则穹隆无取乎宏焘，而旁泊不贵於厚载也。"

要知道，匈奴人并不把这旃帐叫穹庐，这是汉人起的名字。这个穹字可能只是表明了帐的形态，但我情愿相信这里有天的意思，是诗意的表达。唐朝之前，就有人把这个诗意表达出来

①江上波夫认为欧亚大草原上的各个民族的穹庐，大约有过三种类型：1. 上面的居室部分与下面的车辆部分是被连接搭配成为一体的，居住者们日常是在车上的居室里生活，他们没有在地面上（草地上）寝息的情况。2. 上面的居室部分与下面的车辆部分可以拆分开来，当需要在某一地点住上一段时，就把上面的居室部分摘解下来并且安置（搭建）在地面上，而在其中起居。3. 如同现今的蒙古包所代表的那样，上面的居室部分已经演进成为折叠式的帐篷（tent），需要在某处止居时就将那个取出搭建。根据江上波夫的观点，当年匈奴人居住的应该是第一种类型。

引自《匈奴：古代游牧国家的兴亡》
王庆宪、丛晓明 译
［日］泽田勳 著

了，那就是《敕勒歌》。

敕勒川，阴山下，

天似穹庐，笼盖四野。

天苍苍，野茫茫，风吹草低见牛羊。

首先，这首歌是敕勒人，也就是北海边看着苏武牧羊的丁零人南迁到阴山之后的歌，所以它原来是敕勒语。但它出名的时候，却可能是用鲜卑语唱出来的。公元546年，东魏高欢率军进攻西魏的玉璧（今山西稷山西南），大败。西魏传高欢中弩。军心不稳，高欢听说了，就“勉坐见诸贵”。让斛律金唱敕勒歌，“自和之，哀感流涕”。后来，这首歌被译成汉文，收入了《乐府诗词》，变得家喻户晓。

天似穹庐，原文可能就是，天空像毡房，译成汉文，却用了一

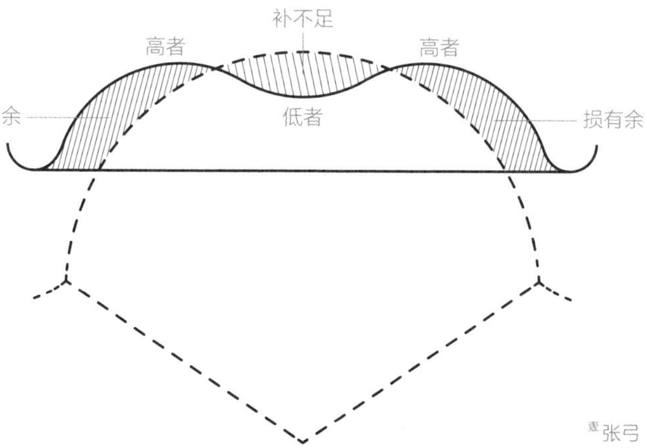

壹张弓

个本来就有诗意的、不那么朴素的词：穹庐。前面有天，后面的词还有天，就有点意象冗余了。要说诗，穹庐这两个字，本身就是诗。

回过头再说说弓：前面说了以穹庐比天，穹庐和弓箭的弓没关系；但中国古代，弓也常被拿出来比喻天。这听起来有点糊涂。因为弓背是有波浪起伏的，并不是浑圆的穹顶的形状，怎么比天呢？

其实，把弓箭比喻成天，是取它被拉开的样子。《老子》第七十七章说："天之道，其犹张弓乎？"张弓图壹，就是拉开弓。又说："高者抑之，下者举之，有余者损之，不足者与之，天之道损有余而补不足。"高者，就是弓箭向前突出的两个弧度；抑之，着力将其拉回；下者，就是手握弓的地方，它变得向上凸起；有余者，要收回来；不足者，要挺它起来。这是以弓喻天，以弓道说天道。以穹庐比天是诗意的，这个以弓喻天，则是对天道的讲述，是哲学的；不仅哲学，而且很前卫，很像德勒兹的手法。

王死后，人众徙去

秦汉时期，北部丁零是附庸于匈奴的，匈奴保留了他们的部落，但封卫律做丁零王管理他们。丁零和匈奴的交界地带就在今天的贝加尔湖东南。《苏武传》里这句“王死后，人众徙去”，暗示了一个信息：单于弟於靬王是长驻此地的。他死后，跟随他的人才撤离。

於靬王的驻地很可能就在今天俄罗斯乌兰乌德市西南的伊沃尔加镇。1927年，在那里发掘出了一个西汉时期的城镇。四面城墙，内有壕沟，有建在土丘之上的高台建筑，可能用于防卫和

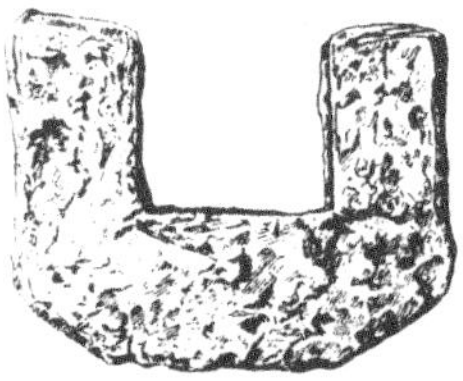

壹 伊沃尔加出土的锸

贰 伊沃尔加出土的铁刀

瞭望。遗址里有冶炼遗留的铜渣、铜块和铁渣，还有耕田用的农具图壹，以及铁刀图贰、铁镞等兵器，甚至还出土了纺织用的纺轮。

首先，伊沃尔加很可能是为防备丁零人南下而建的要塞。再往北，就没发现过匈奴人的墓葬和城镇。其次，这里到贝加尔湖边也就十来公里。既然再往北没有要塞了，这里显然应该是於靬王去贝加尔湖打猎的最近便的下榻之地。再次，农具、纺轮、兵器、冶炼痕迹的发现，暗示这是一个很重要的军屯性质的要塞，不是临时哨所，而且里面很可能混杂了会种地的男人。总之，丁零和匈奴的交界地带就在今天的乌兰乌德附近一线，萨彦岭是西面的边墙，雅布洛诺夫山脉是东面的边墙，乌兰乌德所在的色楞格河河谷正是大门。於靬王实际上是在匈奴本部和丁零的边界上驻防的。这里是河谷，地势狭窄便于扼守。而且沿河向南，就可以抵达上游的匈奴王庭。

苏武流放地

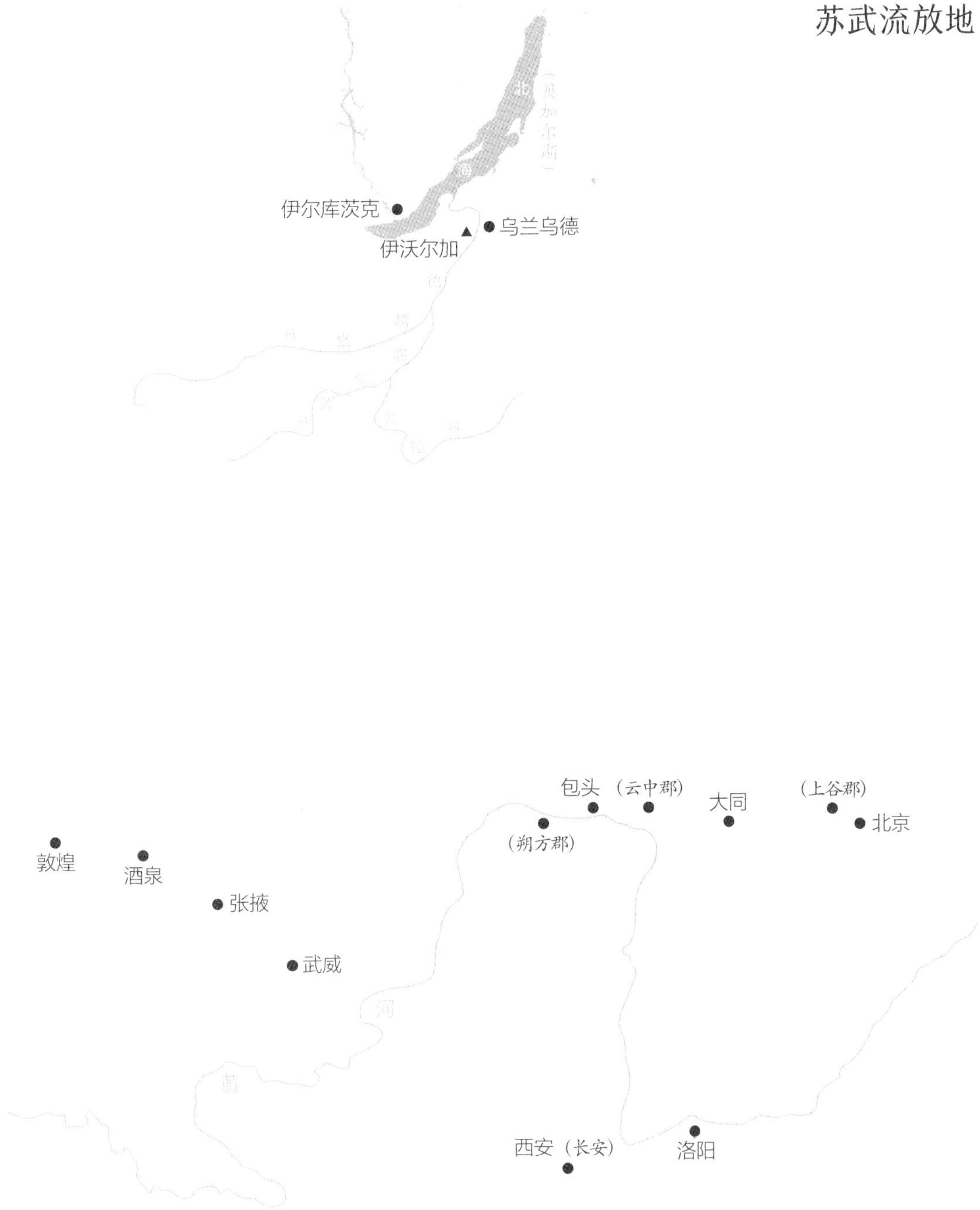

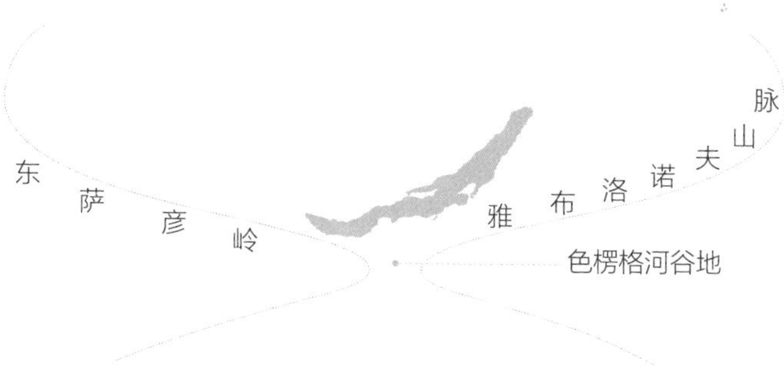

图壹 地理沙漏

重新审视这个地段，会发现它是处在一个地理沙漏[图壹]的连接带上。这个巨大的沙漏，在亚欧大陆的东部。上面是西伯利亚，下面是蒙古高原和中国北部。它们中间的这个连接部分是一条狭窄的谷地。发源于沙漏下方蒙古高原的色楞格河，通过这里，注入沙漏上方底部的贝加尔湖。

沙漏的这个连接带，可不止联系着丁零和匈奴，这里是人类几万年来的迁徙通道。25000年前，华北的智人通过这个通道抵达贝加尔湖，并散布到西伯利亚。公元前12世纪，鬼方北上，进入蒙古高原，向北经过这个连接带，抵达贝加尔湖两岸并向叶尼塞河渗透。公元前3世纪，匈奴崛起，挤压丁零人的生存空间，将他们推到连接带的北部，也就是沙漏的上部；当匈奴灭亡，这个推力消失了，丁零人就大批涌回沙漏的下部。清代中俄商人在恰克图交易后，货品要通过这条路，跨过贝加尔湖，开始按部就班的西伯利亚旅程。欧洲西来的商品也需渡过

愛之給其衣食三歲餘王病賜武馬畜服匿穹廬劉德
日服匿如小旃帳孟康日服匿如甖小口大腹方底
用受酒酪穹廬旃帳也晉灼日河東北界人呼小石
甖受二斗所日服匿師
古日孟晉二說是也王死後人衆徙去其冬丁令
盜武牛羊師古日令音零丁令
即上所謂丁靈耳武復窮厄初武與李

贝加尔再穿过这个中间地带，抵达恰克图。西伯利亚大铁路的支线也通过这里南下乌兰巴托奔赴北京。今天，这里依然是欧亚通道的关键关隘，是“一带一路”倡议中，蒙俄经济走廊的必经之路。这条路，既是来路，也是去路。是民族的生路，也是国家的空间出路。

其冬，丁令盗武牛羊，武复穷厄

这背后有个悬案，丁零人是受谁的指使呢？当於靬王翼护苏武的时候，卫律的内心是煎熬的，他是丁零王，苏武是被他安置在这里的，想必丁零人不敢冒犯；而王一死，东西就被盗，以人性的最坏考量，我想应该是卫律指使。苏武一天不松口，卫律一天气不顺，因为苏武瞧不起他，他必须让苏武的傲气无法成立。这就是对卫律的精神分析。

历史驱遣民族，如风吹云雾

贝加尔湖没有原住民。或者说，所有的原住民都是移民。自非洲开始，新人类的全球徒步，已历经10万年。中国的原住民是非洲来的。贝加尔湖地区的原住民，是从中国北部走过来的。就在25000年前，他们是今天埃文基、鄂伦春族、鄂温克族、满族、赫哲族的祖先。他们是一个花萼上最初的花瓣。

3000多年前，贝加尔湖迎来了第二次大规模移民潮。就在公元前12世纪，商周时代的鬼方，从河套一带战败北上，这就是后来的丁零人。比起25000年前北上的先驱，他们虽然出发得晚，但生产力水平却更先进，势力更强大。除了蒙古高原，还挤进了西伯利亚，进入贝加尔湖、安加拉河流域。后来丁零人的后裔，繁衍出今天的维吾尔族人、巴尔虎人、雅库特人、图瓦人的祖先。

公元前3世纪，匈奴崛起，先是把他们的骑射师父月氏人赶向中亚，又制造了北向的第三次移民潮。他们压迫北边的丁零人，甚至将其挤压出蒙古高原，让他们退缩到东萨彦岭以北的贝加尔湖一带。接着，他们又击溃原在丁零人南方的坚昆人，抢夺了他们的地盘，北面是丁零，南面是匈奴，坚昆人只能逃向西北，他们翻越萨彦岭，寄身在贝加尔湖以西的叶尼塞河流域，做丁零的西邻。坚昆是中国柯尔克孜族的祖先，在国外叫作吉尔吉斯。

丁零先后被匈奴、柔然、突厥奴役，与草原民族融合、争夺，被中原政权内迁。4世纪的时候，那些没有内迁的被称为高车敕勒。北朝末年至唐代，敕勒又被翻译成铁勒。唐代，占据贝加尔湖两岸的部落，是铁勒中的骨力干人（后来的雅库特人）。坚昆人，也就是柯尔克孜族人的祖先，是骨力干人的西邻，隋唐之际，被称为“契骨”，后来的名字是黠戛斯。还有一个附庸的鞠国，“无羊马，家畜鹿如中国牛马。使鹿牵车，

唐前期贝加尔湖周边民族

可胜三四人。人衣鹿皮，食地苔”。据说这是原住民的直系亲属，也是今天我国鄂温克族、鄂伦春族、满族、赫哲族的祖先。

骨力干外，其他的铁勒部落大多在贝加尔湖的南边。西南是都波，也叫都播，也就是今天的图瓦人，但他们当时不在今天的图瓦共和国，而是东边的库苏古尔湖边，和贝加尔湖隔着萨彦岭。南方是回纥人（维吾尔族人的祖先），他们控制着流向贝加尔湖的色楞格河和它的几大支流。东南，也就是回纥的东方，是土拉河流域的同罗部（同罗因河为名，就是土拉河，又叫独洛河）。同罗东边是仆骨，再往东是克鲁伦河流域的拔野古（巴尔虎蒙古人祖先），他们靠着今天内蒙古的呼伦湖。环贝加尔湖，除了这些铁勒人，也见缝插针地生活着其他的族群。比如，在回纥人和贝加尔湖之间，就有一部分从东面迁来的室韦人。

公元477年，回纥诛灭突厥可汗，被唐封为怀仁可汗。回纥统一了铁勒，以后回纥的名字就替代了铁勒。元和四年，回纥遣使请求改名回鹘。

公元840年，回鹘政权被千年邻居黠戛斯推翻，大部分回鹘人向西迁徙。其中的一支西洲回鹘后来演变成今天的维吾尔族。受契丹崛起的影响，黠戛斯并未在蒙古中部停留太久，没有像匈奴回纥一样在那里定都，统治中心仍在蒙古高原西北角，也就是萨彦岭南，今天的图瓦地区。

巴尔古津山谷

到了辽代，贝加尔湖边是辽的属国斡朗改。金灭辽之后，斡朗改也随之溃散。巴尔虎人（那时翻译成八剌忽）乘虚而入，挺进到贝加尔湖东岸。他们驻牧的山谷叫巴尔古津[图壹]，以巴尔古津为中心的地区叫巴尔忽真脱窟木。

巴尔虎蒙古族追溯历史，说其部族发源于贝加尔湖东岸的巴尔古津山谷。这就错了。在唐代，巴尔虎人的祖先拔野古，游牧在呼伦湖一带，还没到贝加尔湖边呢。拔野古，意思是富饶的河滩（谷地）。这个富饶的河滩，显然不应该是贝加尔湖右岸的巴尔古津，而是另有其地。很可能是呼伦贝尔草原的某个地名。后来，成了部族名：拔野古。再后来，当拔野古人迁移到贝加尔湖，其中的一条山谷靠族名识别，变成巴尔古津。

《元史》称贝加尔湖两岸为"八里灰田地"，马可波罗称之为巴尔忽平原，拉施特《史集》中称为巴尔忽真隘。这是因部族得名。元代居住在贝加尔湖东岸的各部落，包括巴尔忽惕（Bargut）、豁里（Kori）、秃剌思（Tulsa），再加上地处西岸、从巴尔忽惕分出来的秃马惕（Tumat），总称为巴尔忽惕。

当然在这个巴尔忽之地，还居住着其他部族：比如黠戛斯，那时叫乞儿吉思（吉尔吉斯）部；比如斡亦剌惕（后来和大清鏖战的卫拉特）、不剌合真（捕貂鼠人）、客勒木真（捕青鼠人）部，兀儿速部，合卜合纳思部，康合思部，原来的秃巴思部（图瓦）。他们都先后被蒙古军队征服了。

壹 西方人眼中的布里亚特人

《蒙古秘史》第二三九节说：兔儿年（1207），术赤率领右翼军出征讨伐林中的百姓，其征服的部族里有不里牙惕部（布里亚特）。《史集》中却没有提及。宝敦古德·阿毕德先生也认为，布里亚特图壹是后来在巴尔虎诸部落中生成的。而冈田英弘则进一步考证“豁里人、秃马惕人后来成为布里亚特人”。

豁里和秃马惕部经常并提，可能由于他们毗邻，经常一起行动。《蒙古秘史》又说：成吉思汗命令博尔忽那颜去征伐豁里-秃马惕，博尔忽被俘丧命，又命朵儿伯-多黑申出征，他用计策方才攻克。豁里-秃马惕部这个地区出产良马，元朝政府征服这里之后还设置了“豁里-秃麻”牧场。后来，在斡亦剌惕和豁里-秃马惕被征服时，其中有一部分可能游走到北方——雅库特地区（在雅库特人中有豁里、秃马惕等部落），另一部分还有许多豁里氏族，被迁至官山（阴山中段大青山）。北元中后期，大青山前后是土默特万户活动的中心区域。到17世纪初，近贝加尔湖地区已经没有秃马惕人。

元亡之后，西蒙古卫拉特（瓦剌部）强盛起来，乞儿吉思又成为瓦剌的属部。15世纪前期，随着瓦剌首领也先的死亡，柯尔克孜族从此摆脱了瓦剌的统治。17世纪初，柯尔克孜族成为准噶尔汗和阿勒坦汗的争夺对象，又受到沙皇俄国向东扩张的影响，大部分族人西迁到伊塞克湖地区、费尔干纳盆地、帕米尔高原、兴都库什山和喀喇昆仑山一带。

贝加尔湖上演着民族迁徙的史诗，有的轰轰烈烈，有的不见青史。贝加尔湖最早的居民，通古斯人的祖先，一直不断地被新来的族群驱赶，兼并，演变成鄂温克族人、鄂伦春族人、埃文人。他们陆续散播到远方，沿黑龙江和它的支流，顺流而东，变成满族，变成赫哲族[图壹]。

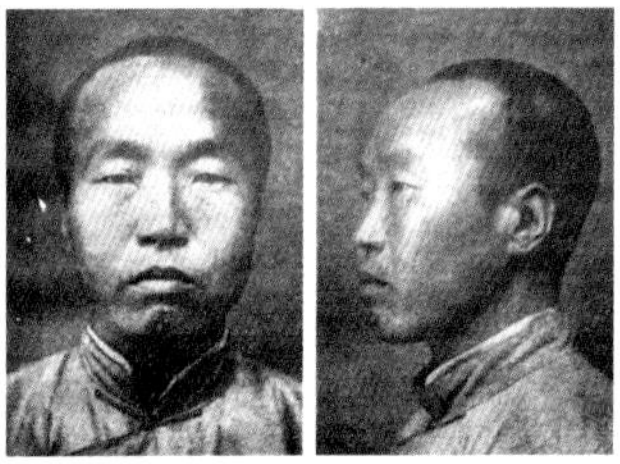

[壹] 赫哲族男子像

引自凌纯声《松花江下游的赫哲族》

历史遗散聚拢在贝加尔湖的民族，仿佛风吹云雾。有人离开，有人到来。有人远走，有人靠近。贝加尔湖，水路无常，难以逾越，环湖群山，陡峭难行。它是交流的障碍，也是西伯利亚民族之脐。因为区隔，就有不同的集合；因为地貌不同，就有生存方式的不同。贝加尔湖是天堑，也是交流的衢地；是民族的摇篮，也是民族的熔炉。

人类长于发明历史，也发明民族。但民族，你中有我，我中有你。从来不纯粹，也并非始终正义。民族承担了很多不该承担的指标。但时间饶过谁？民族，这两个字，可能最终只坚守着名字和传说。

替忽必烈掌管五部直到北极

1259年，蒙古帝国大汗蒙哥亲征南宋，死于钓鱼城。帝位继承人却未曾指定。三弟旭烈兀远在波斯，鞭长莫及。汗位争夺战，就在坐镇蒙古本土的幼弟阿里不哥和出镇漠南汉地的二弟忽必烈之间展开。经过5年较量，阿里不哥势穷力竭，向忽必烈投降。

漠北乃“祖宗根本之地”，虽已归于忽必烈治下，他的大汗位也得到了宗亲承认；但那里毕竟是政治对手的老巢，而自己的政治、经济、军事力量的基础却在中原。这种劣势不是形式上的胜利就能根除的。忽必烈做的第一件事，就是宣布定都燕京，直接废除了地处漠北的和林的国都地位。第二件事，就是赏赐宗亲，笼络诸王，赦免从犯。这是忽必烈在为自己的雷霆手段赢得时间。第三件事，就是派皇子那木罕出镇漠北。这可不是把整个区域给他做了封地，而是委任他代表中央，直接统治漠北。第四件事，就是针对漠北的北面，在益兰州、吉利吉思、谦谦州、撼合纳、乌斯，设置五部断事官。

如果说皇子出镇漠北是要国家直接掌控蒙古腹地，那设五部断事官就是国家要掌控腹地的后方。漠北以北，以贝加尔湖为界，东部群山叠嶂，难以稼穑，西面谦谦州土地平旷肥沃，是少有的宜于农耕的富庶之地。军事上，东有贝加尔湖为天堑，南以唐麓岭为屏障，西南襟连阿尔泰，可与西北异心诸王相互勾连。此地，进可攻，退可守。当年，坐镇漠北的阿里不哥战败之时就曾退守于此，休养生息，伺机反攻。这个后方，是鼓励反叛，撩拨对抗的野心筹码。这个筹码，必须攥在中央的手心。切除掉蒙古本部的大后方，掌控五部，就能策应中原，对蒙古腹地南北夹击。

忽必烈心思缜密，五部断事官的人选却成了难题。诸王可能反水，宗室可能变节。这个人最好没有旧相识可以结党，也没有人情干扰断案。当然，此人须是自己的亲信，更重要的，他必须是和蒙古本土绝缘的人，就是说此人是“漠北的外人”。

壹 元代五部断事官辖区
及贝加尔湖周边部族

1270年，至元七年，这个“外人”抵达益兰州（治所即今俄罗斯图瓦共和国乌鲁克穆河支流厄列格斯特河旁之古城）走马上任。他既非皇子，也不是蒙古宗室，他是汉人，刘好礼。这真是一个精彩的答案，符合忽必烈的一切考量。

五部断事官辖区[图壹]如下：撼合纳，在今贝克木河流域；乌斯，在贝克木河支流乌斯河地区；益兰州，在今日乌鲁克穆河左岸之厄列格斯特河下游；谦谦州在谦河，就是克穆奇克河西南，唐麓岭（今唐努山）以北，今天的图瓦共和国境内；吉利吉思，在叶尼塞河流域，毗邻谦谦州，而吉利吉思的属部昂可剌部幅员广阔，直到北冰洋。这就是说，贝加尔湖西部的叶尼塞河流域，全都在五部断事官刘好礼的管辖之下。刘好礼不是谨尊王命、呆板办事的人。皇上有皇上的方针，他也有他的思考。到任后，刘好礼奏准朝廷，派来许多汉族工匠，指导所辖

壹 从益兰州到“日不落”河口

各部百姓制陶、造船，加速了当地的“现代化”。尤其提高了该地谦河、昂可剌河水上交通的安全和速度。要知道，当时的水路就相当于高速公路。

沿着叶尼塞河，刘好礼乘舟北上。穿越盛产白银的阿剌黑臣之地，抵达了北冰洋边的河口图壹。在那里见证了“日不落，只一道黑气遮日，煮羊胛熟，日又出也”的极昼景象。子曰：“道不行，乘桴浮于海。”而刘好礼，深受朝廷重用的五部断事官，乘舟北上。那不是玩水游山，是如读万卷书的人生行走。

担任五部断事官整十年，刘好礼返回中原。天高地迥，一个兴盛的王朝是何等微不足道。人生须臾，自中原到北冰洋，也算得上这个星球上一次值得的旅行。这是一个知识分子超脱时代、格物致知、纵横四海的人生。

从北京到北极，摆正帝国在宇宙中的位置

1276年，元灭南宋，南北统一。新朝新气象，是时候将谋士刘秉忠生前提出的颁行新历的建议付诸实施了。于是，忽必烈命郭守敬等人改历。郭守敬认为，“历之本在于测验”，要测得准，得先改进仪表[①]。三年后，仪表制成[②]，郭守敬又奏请增加测验地点。他说：不同地区日出日落时间不同，昼夜长短不同，时刻也不同。唐开元年间曾在全国十三处观测点进行测量。如今帝国疆域比唐还要广阔，观测点数量已远远不够，必须增加。忽必烈批准了郭守敬的计划，选拔精于天文历数的人才，分赴全国二十七个测景所。每隔十度设立一个测景所，东到朝鲜半岛，西至云南，南到海南岛，最北是北极圈附近的“北海”测景所。

北海测景能够实现，有其苛刻的历史条件：

第一，从海南岛到北极圈一带，都是元政府直接管辖，并非列

①郭守敬研制成高表测影时，横梁的影子，投射在圭面上往往不十分清楚，为了观测的准确，郭守敬又创制了“景符”。《元史·天文志》载，“景符之制，以铜叶，博二寸，长加博之二，中穿一窍，若针芥然。以方跂为趺，一端设为机轴，令可开阖，楮其一端，使其势斜倚，北高南下，往来迁就于虚梁之中。窍达日光，仅如米许，隐然见横梁于其中。”。这是利用小孔成像原理，使高表横梁所投虚影成为精确实像，清晰地投射在圭面上。

②郭守敬创制了十二件天文台上用的仪器，四件可携至野外观测用的仪器，其名载于齐履谦所撰《知太史院事郭公行状》中，分别为简仪、高表、候极仪、浑天象、玲珑仪、仰仪、立运仪、证理仪、景符、窥几、日月食仪以及星晷定时仪十二种。

王封地或属国。即便是唐，对贝加尔湖一带也是羁縻掌控，并非直接管辖。最幸运的是，北海测景[图壹]这一年，也就是1279年，五部断事官刘好礼仍然在职。而第二年他就返回大都了。

[壹]清绘《夏至致日图》

第二，元有一条能保证测验团队后勤运输的交通线，从大都（北京）出发，经上都（多伦）到唐努山北面的谦谦州，经盆地中心的益兰州，越过较易通行的沙宾达巴哈或库尔吐石山口，不过三五天，就可到达忽必烈母亲驻冬之地吉利吉思（阿巴干草原），从那里可以沿河而下，进入叶尼塞河，再航行到北极圈。

第三，此次测景之前的四十年里，时人积累了足够的经验。元太宗窝阔台曾派和端等人入“北海”之地，“往复数年，得日不落之山”。虽不能确指其地，但在北极圈一带无疑。忽必烈的母亲曾派官兵1000人去入海口寻找一个到处是白银的地方，

[壹] 邮票上的郭守敬

后来失败而返。特别是几年前，刘好礼已经到过河口考察，距四海测验时间最近，经验最可宝贵。

北海测景所为北极出地65°，最终测得的夏至晷影长度六尺七寸八分，据此计算，其北极出地高度（北纬）实为64° 4'。观测的结果为编制全国历法提供了坚实依据。郭守敬[图壹]主持的四海测验，新测二十八宿距度，平均误差还不到5'；测定了黄赤交角新值，误差仅1'多；取回归年长度为365.2425日，与现今通行的公历值完全一致。

四海测验，校验黄道天极，测量星辰日月，重新摆正了帝国在宇宙中的位置。确是前无古人，也绝对后无来者。可以说，几千年来，机遇之门只打开了一次，郭守敬迈步而入。随后，门就关上了。

漠北三大测景所

位置示意图

北海测景所——今卜通古斯卡河口附近

铁勒测景所——贝加尔湖以西，勒拿河上游安加拉河附近

和林测景所——在和林南翁金河附近

[壹] 伊尔库茨克城徽，叼着紫貂的巴布尔老虎，老虎和紫貂象征着本地区的独特性、实力和财富。

西伯利亚毛皮史诗

今天，全世界最高级的假睫毛、化妆刷，还有毛笔，都有可能来自贝加尔湖地区，来自泰加森林里跳跃的动物的身体表层。当然，还有貂皮大衣。

当俄罗斯还只是许多公国的马赛克拼图时，他们对大片的土地并无野心。控制商路，收税，眼前的财富来得更为快捷。然而，辽阔疆域承诺的利益虽然模糊，远方的黑貂、鼹鼠、黑鼬、白狼却会让梦想蠢蠢欲动[图壹]。

乌拉尔山西侧，江山易主，王朝更迭。乌拉尔山东侧，信仰却从来不变。哥萨克人和海盗组成的冒险队，一刻也没有停歇掠夺的狂潮。不管莫斯科属于留里克还是罗曼诺夫，暴利都属于恶棍。欧洲和俄罗斯人都喜欢毛皮，而黑貂、雪貂很久之前就已在西欧绝迹。暴富很简单，只要他们能将从西伯利亚抢来的赃物，运回文明世界，披到欧洲皇室文雅雪白的肩上。

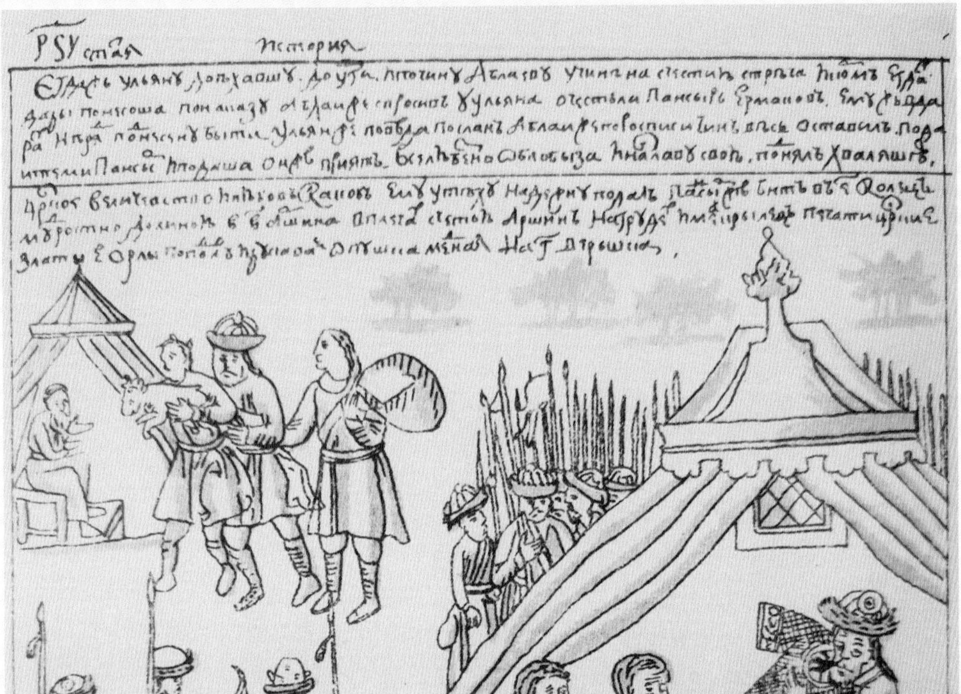

原住民向殖民者缴纳毛皮

利欲熏心，一路征服。沙皇并不想增加子民，只想要收揽更多猎手。被征服的当地人要缴实物税，实物就是毛皮。每个过冬营地，都有一个专门关押人质的牢房。人质多是某一个著名的或富裕的异族人的兄弟或后生。监禁他们，是迫使酋长们认真纳税。人质可以每年更换，实物税却一日不可以懈怠。一个男人，每年缴1至30张貂皮。没有貂皮的地方，缴纳狐皮和其他兽皮。收税官除了收取实物税，还要督促异族人，按时猎貂，不得有误。上缴的毛皮，分类定级，按每40张一捆，绑扎盖印。一般是用从莫斯科发来的鹿皮袋包装。价目表要同皮袋一起再放进木箱或麻包里，再上路西行。

鼬

俄国的毛皮收入，从1589年到1605年，十六年才增长了三倍，而到了1680年代，竟增长了八倍。17世纪，毛皮贸易占俄罗斯国民收入的一半。用黑貂皮支付工资，用黑貂皮偿还外债，用黑貂皮当作礼物。

貂

如果黑貂也有编年史的话，是它们的死亡塑造了近三百年的西伯利亚和俄罗斯。是毛皮，鞭策俄罗斯的贪婪，驱赶它的野蛮，牵引着它吞噬土地，让疆域扩张变形。1620年，俄国人已经抵达叶尼塞河流域，却又花了二十三年才找到贝加尔湖，随后却只用五年时间就抵达了太平洋。这功劳都要算给黑貂，算给西伯利亚的毛皮。

史前人类是哺乳动物中体毛最少的。在一只猿猴的眼里，人类赤裸得可笑。这嘲笑有根有据，尤其是在冰河期，当人类追逐野牛进入了西伯利亚。这一路，和"裹"腹比起来，果腹都是小问题。文明削减了人类的体毛，当他们要生存的时候，却又要抢夺其他生物的皮肤。人类一路北行，不稼不穑，他们射杀旱獭，坑杀野牛，等待更庞大的猛犸自己死去。然后，吃它的肉，喝它的血，抽它的筋做弓，剥它的皮保暖，用它的骨盖屋。人类寄居在动物的皮肤和体毛中度过自己的童年。

虎

西伯利亚是一所残忍的学校，教会人类残忍的却不是西伯利亚。贝加尔湖两岸的泰加森林里，每次出猎前，猎人们都要举行仪式，模仿捕获的猎物，并向森林祷告：高大的父亲，高大的母亲，山啊，河啊，请指教我们，请聆听我们，请垂怜我们，请把野兽放出来吧，让黑貂的灵魂走出来吧。猎人们知道，神给了他们猎物，却没有给他们肆无忌惮虐杀的权利。不用太长时间，人类认识到毛皮不只能保暖，还可用于装饰，做身份的符号。这也没什么大不了的，猎人们依然谦卑。无非是勒拿河和叶尼塞的交换，安加拉的卖到了贝加尔。但俄罗斯人来了，开始批发森林里这些上蹿下跳的精灵。俄罗斯人搜刮西伯利亚，去交换世界。换回的东西，却不会回到西伯利亚。

今天，全世界买毛皮的人很少是为了避寒生存；而这些皮毛却攸关生死。到1691年，西伯利亚平均每年向莫斯科缴纳80,000卢布至100,000卢布的貂皮。换句话说，西伯利亚每年至少有

松鼠

80,000只貂被帝国捕杀。且慢惊叹，这只是起步。到了1781年，一年，仅松鼠皮，西伯利亚就贡献了6,169,406张，不，这不是全部，仅仅是销往中国，仅仅是松鼠皮。其他还有紫貂、雪貂、北极狐、火狐、海狸、水獭、麝鼬、熊、豹、虎。皮毛交易不仅灭绝动物，也灭绝人性，灭绝文化。大量皮毛从西伯利亚源源不断地流向世界，似乎让与世隔绝的通古斯、布里亚特、萨摩耶德部落融入了世界，交换来文明的产物、赚到了小钱儿，却从此改变了他们的生存环境。只需出卖，传统的毛皮工艺无用武之地，继续捕杀，甚至开始无兽可猎。寂静的森林，让原住民明白了，不是他们捕杀紫貂、松鼠，而是文明世界捕杀了他们。

北极狐

水獭

熊

《圣经》到来之前，这里是萨满的世界

“起初，神创造天地”

“是潜鸟创造了大地”

“神说，天下的水要聚在一处，使旱地露出来”

“许多水鸟潜入水底，试图掏出哪怕是一点点土来”

“事就这样成了”

“只有潜鸟能够潜到水底，用嘴衔出泥土”

“神称旱地为地”

“土地迅速成长，变成了中层的世界”

“鸟是神第五天才造出来的，

你们这该死的驯鹿、熊都是上帝造出来的”

“熊是伯尔来赐予的”

“胡说，只有上帝一个神”

“森林里有很多神，第三层乌云之上还有神”

“你们通古斯人该下地狱，让硫黄的火焚烧你们的邪恶”

“地下世界没有硫黄，入口由两条巨大的哲罗鱼[图壹]把守”

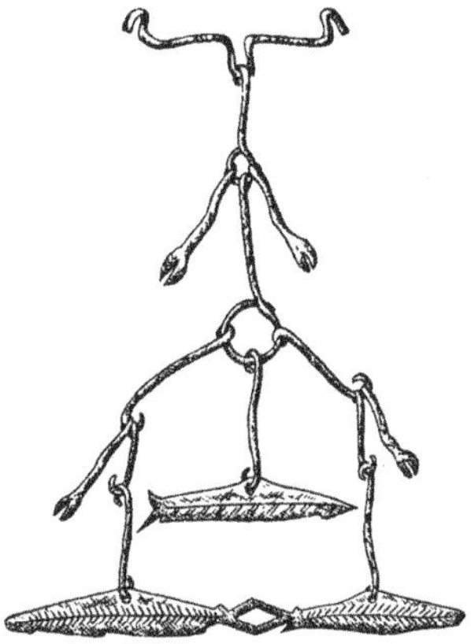

[壹] 埃文基萨满服上的装饰

两条哲罗鱼尾巴围起的菱形

就是地下世界的入口

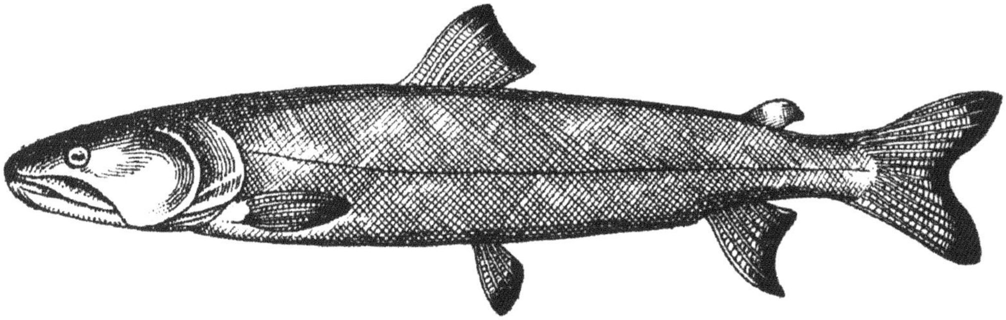

哲罗鱼（手绘：刘风）

《圣经》到来之前，这里是萨满的世界。最早的西伯利亚的传教士在殖民当局的支持下，采用强制措施，迫使当地信仰萨满教的通古斯土著人改宗。胁迫土著人集体洗礼，集中烧毁了土著人的祖先偶像、萨满服和萨满鼓。指派给他们俄罗斯人的姓氏，逼迫他们宣布改信东正教。只有接受东正教洗礼的人才能免去高额的实物税。然而，当通古斯人被迫接受洗礼，声明改教后，该缴的税一项不少。于是，表面的皈依并不能代表臣服，信徒依然在内心供奉着他们自己的信仰。

布里亚特人起初也是萨满教化的民族，后来遭到从蒙古传入的藏传佛教的排挤，逐渐认可了藏传佛教的权威地位。接着俄国人又来到贝加尔，最初是既要铲平藏传佛教寺庙，又要镇压萨满教活动。布里亚特人强烈反抗，迫使沙皇承认了藏传佛教的合法地位。转而又希望通过藏传佛教加强对布里亚特人的控制。1764年，叶卡捷琳娜二世女皇授予外贝加尔措果儿喇嘛

图壹 贝加尔湖岩画上的萨满（杨毅摹绘）

寺的住持班智达堪布喇嘛的封号，承认他是布里亚特的佛教领袖。此后，这里就脱离了中国西藏和蒙古的影响，成为沙皇统治下的藏传佛教中心。

在苏维埃时期，在无神论者眼中，萨满教是愚昧迷信的典型。苏维埃政府对他们采取了无情的打击。萨满教是一个有害的现象！萨满是江湖骗子！萨满是阶级敌人！萨满[图壹]是精神病人！继续从事萨满教的人会有多个去处：监狱，古拉格[①]或精神病院。萨满服，除了博物馆之外，再没有藏身之所，除非被遗忘在罚没仓库里，慢慢地腐烂。

不管是佛教还是东正教，他们和萨满教不同之处就在于，萨满教是根植于土地、根植于现实的。萨满教是生存意志的交换体系，没有什么至尊，而是万物有灵，无不值得尊重。他们并不祈祷上帝，他们和神谈条件。在东正教徒看来，他们不谦卑；

①古拉格“ГУЛАГ”是苏联劳改营管理总局的俄文缩写，全称为“Главное Управление Исправительно-Трудовых Лагерей и колоний”。

在佛教徒看来，他们不注重来生；在无神论政府看来，他们不是唯物主义者；在他们自己看来，这是朴实的要求。只是要求神不能怠工，尽他的责任。出猎前要虔诚祭拜，若有收获，便回馈神；若无所得，也可以鞭打偶像。这是正常的交换关系。

没有至尊，但通古斯人并非不诚敬。通古斯人是天地之子，他们信仰的与其说是权利，不如说是关系：是人与土地和其他生物的关系。在森林里生活，通古斯人就要了解每一块区域，每一个细节。一个猎人晓得，到哪里去活动才不至于招惹其他的东西。他们更相信自己的观察和判断，而不是简单地祈祷或等待。通古斯人是西伯利亚的卡尔卡斯，辨识鸟兽踪迹的行家。他们明晓天地，能凭风吹草动，找到猎物。格物致知，这就是对自然的诚敬。

在其他民族中，狩猎可能是一种游戏。但通古斯人，并不仰仗神主的权威大开杀戒。除非饥饿，他们不会去猎杀动物。通古斯人的捕猎是受旨在保护动物延续的习俗制约的。没错，人类就是要让动物去死，保证自己能活；剥夺其他动物的生命，让自己生存。这个法则对通古斯人也不例外，但在他们看来，人与他们捕猎的对象是平等的。剥夺其他生命，必须心存感激。他们狩猎结束后，要感谢神，要感谢他们猎物的献身；要赔礼道歉，要正确处理尸体。

一只熊并不永远被标定为猎物，在平时，猎物不一定不是个好邻居。通古斯人可以与野兽和平共处。他们认为，如果一只老虎占据了一个河谷，人和熊就不应该再来这里打扰它；如果这个人前往附近的一个山谷，老虎就不会来，老虎也绝不会去一个属于熊的地方。

通古斯人和动物之间还有一种协作共生的关系。比如，任何渡

鸦能看出一个人是不是出去打猎：如果他不带枪，它就置之不理；如果看见他带枪，它就发出怪叫，向某个方向飞去。有经验的猎人立刻明白，合作狩猎开始了。跟着渡鸦，往往会发现猎物。打到猎物之后，猎人会将一部分肉分给渡鸦。它会下来享用，并发出一种啼叫，表示合作愉快。

在贝加尔，自然已足够深邃，值得皈依，但宗教却依然不放弃争夺信众：教堂要求分享天际线，喇嘛和萨满争夺岛屿。在贝加尔，萨满教的地盘几乎只剩下旅游表演场了，萨满说，“无数灵魂在奥利洪岛上出没”，不允许佛教进入。但是，2005年夏天，一座白色的佛塔还是在另一个岛上落成。

信仰的毂断了，民族的轮子就散了。通古斯人的信仰，迷失在文明推崇的规则下。拱门与佛塔在斗争中神圣地对立，信仰和土地在光影交错里互不相让！顶着文明光环的宗教，切断了山川湖泊与人的关系，褫夺了万物的灵性，只把敬畏赋予独一无二的神；而喇嘛教分泌出一堆需要供养的活佛，掠夺了人们恭敬自然的精力。祈祷不再与生产息息相关。神的意志高于自然，改造、摧毁都不在话下。更不用说国家意志和资本的野心，从来就没有放过贝加尔。荒凉和严寒也拯救不了贝加尔。贝加尔，一个无污染的净土？那只是个幻象！

贝加尔会好吗？这个星球会好吗？ 这些问题不要去纽约、巴黎、北京咨询。我们需要聆听奥利洪，聆听安加拉，聆听萨彦岭，聆听色楞格河奔赴的这个星球忧郁的蓝眼睛。

他们拿走貂皮，送来了流放犯

大约在16世纪晚期，被流放到西伯利亚成了一种刑罚。最初人数并不多，1645年以前，西伯利亚大概只有1500名流放犯。到了19世纪中叶，每年的流放犯都在12000人以上。从1800年到一战爆发，流放犯的总人数已超过100万。

流放犯有两种：普通犯和政治犯。政治犯往往有钱、出身好、受教育程度高。19世纪的政治改革派十二月党人，就是西伯利亚最著名的政治犯。

然而，不管是普通犯还是政治犯，被流放到西伯利亚都不能算作上天恩赐：死罪已免，活罪难逃。旅途的颠沛、气候的恶劣、劳役的繁重，于身于心，都是难以承受的苦难。从早到晚，脚步不停，甚至没路，只有高山与沼泽，只有一俄里接一俄里的绝望。有些囚犯离开欧洲，要到第三个年头，才被押解到伊尔库茨克。没人愿意半路逃跑，跑到附近的森林里只能被

[壹] 1917 年，别列杰娃在士兵大会上演说支持布尔什维克。她的父亲是波兰流放犯，母亲是西伯利亚土著，对旧制度的痛恨与生俱来。
引自《苏联国内战争史》1944 年版

野兽吞噬。山非山兮水非水，生非生兮死非死。这几乎是这个星球最漫长的“流浪”。历经千难万险，幸存的抵达者，丧失了家产、姓氏、权利，变成帝国的微不足道之物[图壹]。

17世纪，清朝也有个政治犯，大诗人，吴兆骞，因南闱科场案被流放到宁古塔。就是今天的黑龙江宁安市，那里离西伯利亚大铁路终点符拉迪沃斯托克（海参崴）很近。也有个诗人曼德尔斯塔姆曾被流放到那儿。“宁古塔冬则冰雪载道，其深丈余，其寒令人不能受”。夏天就“数百里俱是泥淖，其深不测。人依草墩而行，略一转侧，人马俱陷”。这也基本是西伯利亚的写照。宁古塔去京四千余里，便“音信难得，岁仅一至”。西伯利亚的流放地，动辄离家万里，却并非家书万金。因为西伯利亚的流放犯往往不是一人独往，经常是全家老小，甚至亲戚都要求随同流放。多数情况下，是罪犯本人先行，安置下来，盖好房屋，再要求家眷搬过来。政府对此从不拒绝。

因为这能提高西伯利亚部落地区俄罗斯人的比例，巩固沙皇对东方领土的控制。流放，虽是惩戒措施，也是实边策略。《安娜·卡列尼娜》里有句话："没有人不能习惯的生活条件，尤其是当他看见周围所有的人都接受了这些生活条件的时候。"

在这两类流放犯之外，还有两类流放人群：战俘和被迁移出故土的殖民地的人口。战俘，比如波兰人，主要是贡献劳动，担当苦役；殖民地的人则是被移植到一个新空间。原有的地缘和地利都被切除了，新的邻里又让他们无以凭借。他们由此就变成无害的顺民。

壹 列宁像
引自《苏联国内战争史》
1944 年中文版

在俄罗斯后期，共产主义者如列宁[图壹]、斯大林、斯维尔德洛夫，都曾被流放到西伯利亚。沙皇俄国留给布尔什维克苏联的，不只是权利和疆土，还有可用于流放的巨量的"远方"。流放就是要把异见搁置在射程之外，就是用地理的遥远去惩罚

贝加尔湖周边共产主义者流放地

思想的遥远。在斯大林统治时期，成千上万的人——反革命、反动派、妓女和小偷、修道士和神父，“还有王公贵族，但是，冠冕已被摘除”被送往西伯利亚，在一个个古拉格里接受改造，同时被“废物利用”，修建道路、堤坝、水电站，开凿运河。一直持续到20世纪50年代。

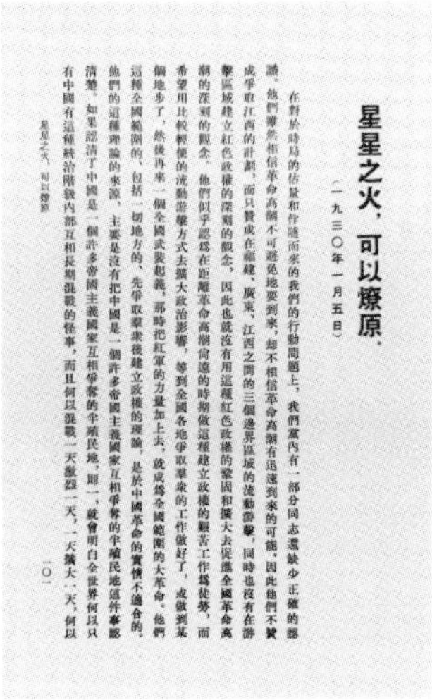

星星之火，可以燎原

（一九三〇年一月五日）

在對於時局的估量和伴隨而來的我們的行動問題上，我們黨內有一部分同志還缺少正確的認識。他們雖然相信革命高潮不可避免地要到來，卻不相信革命高潮有迅速到來的可能。因此他們不贊成爭取江西的計劃，而只贊成在福建、廣東、江西之間的三個邊界區域的流動游擊，同時也沒有在游擊區域建立紅色政權的深刻的觀念，因此也就沒有用這種紅色政權的鞏固和擴大去促進全國革命高潮的深刻的觀念。他們似乎認爲在距離革命高潮尚遠的時期做這種建立政權的艱苦工作爲徒勞，而希望用比較輕便的流動游擊方式去擴大政治影響，等到全國各地爭取羣衆的工作做好了，或做到某個地步了，然後再來一個全國武裝起義，那時把紅軍的力量加上去，就成爲全國範圍的大革命。他們這種全國範圍的、包括一切地方的、先爭取羣衆後建立政權的理論，是於中國革命的實情不適合的。他們的這種理論的來源，主要是沒有把中國是一個許多帝國主義國家互相爭奪的半殖民地這件事認清楚。如果認清了中國是一個許多帝國主義國家互相爭奪的半殖民地，則一，就會明白全世界何以只有中國有這種統治階級內部互相長期混戰的怪事，而且何以混戰一天激烈一天，一天擴大一天，何以

星星之火，可以燎原 一〇一

[壹] 引自《毛泽东选集》第一卷

从普希金到毛泽东的诗歌接力

1930年，毛泽东在一封信里提出“星星之火，可以燎原[图壹]”的著名论断。“星星之火”这个词可以追溯到30年前《火星报》的发刊语。《火星报》[图贰]的发刊语是列宁写的，那是1900年，他刚从西伯利亚流放归来。《火星报》的名字，以及他在发刊语中引用的诗句，都来自下面这首诗。

[贰] 《火星报》初期在西欧的发行中心和主要活动城市

制图参考《俄国历史地图》

当那琴弦的热情的预言
忽然传到我们的耳边，
我们的手猛向宝剑伸去，
但摸到的却是身上的锁链。
不过请放心吧，诗人！
我们以锁链和厄运而自豪。
我们虽被监狱的铁门幽禁，
却暗自对着历代沙皇嘲笑。
我们悲惨的事业将不会落空：
星星之火必将燃成熊熊的烈焰，
我们信奉东正教的人民
将集合在神圣的旗帜下面。

我们要把锁链打成利剑，
重新点燃自由的火炬，
我们身怀着自由扑向沙皇，
人民才能愉快地呼吸。

这首诗的作者，奥陀耶夫斯基，是121名被流放到西伯利亚的十二月党人的一员。而这首《十二月党人的答诗》又是他代表十二月党人对另一首诗的作答。那首诗就是普希金的《致西伯利亚的囚徒》[1]。

[1]也译作《在西伯利亚矿坑的深处》

在西伯利亚矿坑的深处，
保持住你们高傲的耐心，
你们的思想的崇高的意图，
和痛苦的劳役不会消泯。
不幸的忠贞的姐妹——希望，
在昏暗潮湿的矿坑下面，
会唤醒你们的刚毅和欢颜，
一定会来到的，那渴盼的时光：

爱情和友谊一定会穿过
阴暗的闸门找到你们，
就像我的自由的声音
来到你们服苦役的黑窝。
沉重的枷锁定会被打断，
监牢会崩塌——在监狱入口，
自由会欢快地和你们握手，
弟兄们将交给你们刀剑。①

①卢永 译

1827年，普希金的这首诗是被十二月党人尼·穆拉维约夫的妻子带到西伯利亚的。她是众多拒绝跟丈夫离婚，要求跟随丈夫流放的十二月党人妻子中的一位。

叶尤杰琳娜·伊万诺夫娜·特鲁别茨卡娅，另一位十二月党人的妻子。她挥别圣彼得堡，挥别莫斯科、喀山、秋明、托木斯克、伊尔库茨克，穿过冰封的贝加尔湖，把赤塔甩在身后，颠簸了7500公里，抵达涅尔琴斯克（尼布楚）。当地官员傲慢

伊尔库茨克的十二月党人博物馆

无礼，而这女子仍要谦卑，忘记贵族身份，忘记自尊，只为得到许可，去300公里外的矿山看她的丈夫。

参加1825年那场过于柔和的政变的十二月党人们，整日劳作在普希金所说的“西伯利亚矿坑的深处”。不管你是沃尔康斯基公爵，还是特尔贝兹柯依公爵，都被简化为囚服上的一个号码。那些曾在1812年卫国战争中挥舞佩剑与拿破仑作战的手臂，必须从头开始，学习指挥镐和榔头。

有一天，当那坚持要见丈夫的公爵夫人，那衣着华丽的圣彼得堡沙龙的女主人，通过竖井钻进巷道，来到地下，在一堆蒙尘的面孔里寻找她的枕边人。我想，不只是她的丈夫，在场所有囚犯都必须花上两三秒来确认：这不是幻觉。

见过丈夫的妻子们，会回到赤塔或伊尔库茨克生活，花上一些年头，等待丈夫回来，或回不来。这些原为贵族的十二月党人陆续被宽大处理，他们和他们的妻子，在遥远的西伯利亚城市里，主要是伊尔库茨克，聚成文化的小圈子，也重组了当地的

上层社会。英国探险家阿托金逊到访伊尔库茨克时，还见到了十二月党人沃尔康斯基，那应该是19世纪50年代，他已经被从矿山释放出来，他的故居就是今天的十二月党人纪念馆。

中国使节抵达柏海儿湖

两个月零三天之后[1]，图理琛终于跨过边境，从康熙五十一年，跨进了俄历1712年。他的身后，是大清国的喀尔喀蒙古，前方，是经由二十三年前中俄《尼布楚条约》确认的俄罗斯的新领土。

康熙五十一年，已经迁往伏尔加河流域的土尔扈特部首领阿玉奇汗派人到北京朝贡。他们只能绕道西伯利亚，因为仇敌准噶尔部还控制着新疆一带。康熙随即派图理琛于五月二十日出使土尔扈特。这是清政府派往欧洲的第一个使团。

中国，欧洲，地方是不同的地方，时代却是同一个时代。就在图理琛自北京启程的四个月前，江苏巡抚张伯行上疏力劾两江总督噶礼徇私贿卖。同月，《C大调长笛协奏曲》的作者腓特烈二世在柏林出生，他的另一个成熟的作品是一个国家：普鲁士。图理琛出发前的两个月，英国皇家学会成立委员会以仲裁

①图理琛国内行程：康熙五十一年五月二十日，图理琛使团自京师启程。当天，经德胜门土城外北极寺，暮宿于沙河（今昌平沙河镇）。之后过南口，出居庸关、岔道口，路过土木驿、鸡鸣驿，抵达张家口，于六月初二翻过兴安岭，抵达正黄旗察哈尔哈穆虎地方（旗北苏尼特部右翼南界）。继续向西，经过四子部落，至喀尔喀阿喇布坦所属巴颜布拉克地方。十八日，至瀚海北界哈囊布拉克，又行三四日，至那拉忒赤劳地方。又行三日，至达布苏台地方，贝勒旺扎尔迎接，设帷帐，宰牛羊筵宴。七月初三日，自鄂什欣布里度地方至枯尔布里度。初五日，至土喇河岸，因河水泛涨，驻宿三日。又行十日，至喀尔喀北界，次日，至中俄两国接壤的苏布克图地方。

[壹]俄罗斯夷官

引自《皇清职贡图》

微积分发明权。仲裁的申请人叫莱布尼茨，时任会长是牛顿。图理琛出发前一个月，康熙宣布：天下承平，以去年全国的丁银数额为永久征收定额，以后额外添丁，不再多征。大清强盛，而在28年后登基的弗里德里希二世却没有这个资本，普鲁士没有安定的四邻，五分之四的国民收入用来供养军队。图理琛出发一个月之后，《论人类不平等的起源》的作者让-雅克·卢梭在日内瓦出生。图理琛出发四个月后，康熙帝再次宣布废除皇太子允礽，“祖宗弘业断不可托付此人”。

七月二十三日那天，俄罗斯官员[图壹]“衣番萨非翅”（伊凡·萨维奇）拨船迎接，从中国流到俄罗斯的色楞格河浮起大船。俄罗斯官兵将使团送至北方的楚库柏兴（今俄诺沃色楞金斯克）。但是，因为要等候察罕汗（沙皇）彼得一世准行的谕令抵达，使团在此停留了五个月零三天。直到康熙五十二年（1713年）正月十四日，俄皇信至，正月十六日自楚库柏兴启程，两天后到达二百余里外的乌的柏兴（今俄乌兰乌德）。二十一日，至柏海儿湖（今贝加尔湖）南岸博索儿伊斯科（今波索利斯科耶）地方，次日，通过结冰的贝加尔湖至北岸果落乌斯那（今大戈洛乌斯诺耶）。二十五日，至厄尔库城（今伊尔库茨克）。在此因候昂可剌河（今安加拉河）冰解及修整船只，直到五月初四日，才坐船从厄尔库城启程，十九天水路，于五月二十三日至伊聂谢柏兴（今叶尼塞斯克）。闰五月二十四日，至苏尔呼忒柏兴（今苏尔古特）。六月十六日，由鄂毕河转入厄尔齐斯溯河而行，七月初四日，至托波儿城（今托博利斯克），西伯利亚省省长加加林迎见清朝使团成员。十二日启程，溯托波儿河，二十三日至图敏（今秋明）。二十五日，自图敏溯图拉河，八月初五日，舍舟，乘骑陆行，十八日，翻越欧亚分界线乌拉尔山。二十五日至索里喀穆斯科（今索利卡姆斯克），在此候冬。十月初二日，自索里喀穆斯科启程，二十一日至喀山。三十日，自喀山启程南行，经赛斯兰（今斯兹兰），十六日抵达萨拉托付（今萨拉托夫）。天降大雪，于是在此等候阿玉奇汗迎接。康熙五十三年（1714年）四月初五日，阿玉奇汗遣人迎接使团。五月十六日，渡厄济儿河（今伏尔加河）。六月初一日，至阿玉奇汗营地马奴托海（今伏尔加市）地方。次日，清朝使团递交康熙帝谕旨。使团在土尔扈特汗国住十四日，于六月十四日辞行，启程归国。于1715年，也就是康熙五十四年三月二十七日回到北京。

图理琛回京一个月后，英国东印度公司为了开展对华贸易，与中国广州海关订立协定，总计八款。那年秋天，绝对的君主，法国太阳王路易十四去世。他和王权纠缠了七十二年零三个月十八天。七年后，康熙离世，他在位六十一年，虽不及太阳王，却是中国在位时间最长的皇帝。又过了四十九年，也就是乾隆三十六年（1771年），不堪沙俄的压榨，阿玉奇的孙子土尔扈特汗渥巴锡[图壹]率十七万族人东归，他们没有再借道东西伯利亚和贝加尔湖，因为曾经挡在前路的准噶尔已被大清平灭。

[壹]渥巴锡（土尔扈特台吉像）
引自《皇清职贡图》

万里茶路：千万里我追寻着你

桐木庙湾村的运茶车驶进星村的青石板路，天还没亮。渡口几百个船夫却早已开工。庙湾村的红茶同其他晋帮订购的茶叶都装上船，走九曲溪到福建崇安（今武夷山市）。茶叶在崇安城装上鸡公车，沿闽赣古驿道西北行，经分水关由闽入赣，两日便可到达江西广信府铅山河口镇。于河口小船换大船，沿信江西行。经广信府弋阳、贵溪、鹰潭、安仁（今余江）、余干，进入鄱阳湖。航向西北，经南康府都昌、星子到达长江南岸之九江府湖口县湖口镇。再溯长江西上，经德化（今九江）、瑞昌、湖北黄州府广济（今武穴）、蕲州（今蕲春）、蕲水（今浠水）、黄冈、大冶、武昌（今鄂州）、江夏（今武昌），抵汉阳府汉口县汉口镇，转入汉水。自此逆汉水西行，经蔡甸、汉川、沔阳、安陆府天门、潜江、钟祥、荆门沙洋、襄阳府宜城，在樊城上岸。换小船，入唐白河，至两河口，转入唐河，经河南南阳府唐县，在万里茶路的水路终点站南阳府裕州赊旗店（今社旗）上岸。至此，商队已经走了四十天。上岸后，茶叶转用骡马驮运，继续北行。经裕州方城、叶县、宝丰、汝州、登封，进入洛阳。至偃师，由孟津北渡黄河。上岸后经怀庆府孟县、河内（今沁阳），驮茶队穿越崎岖的太行山与王屋山之间的峡谷，走羊肠坂，过碗子城课税，直抵山西泽州的拦车村（距泽州南30公里），茶商在泽州将骡子、毛驴换成马车，因为前面的路比起太行山要平坦多了。至泽州府凤台县（今晋城）、经泽州高平抵达潞安府长子（今长治）。经屯留、襄垣、沁州（今沁县）、武乡、太原府祁县、徐沟，茶商队绕过省府太原，北行经过阳曲、忻州，出原平镇，沿官道进入代州崞县（今原平）。随后商队经阳明堡，到达一处叫马站的地方，在这里的大车店休息，第二天继续北行，到了雁门关。出雁门便是大同府山阴县。过岱岳镇，正北有黄花梁，从南向北。至此将茶路分为东西两路。向西北经右玉县，走西口（出杀虎口），而后到归化城（今呼和浩特），由旅蒙晋商换作驼队运输。向东北经金沙滩、怀仁县怀仁、大同镇、阳高、天镇、直隶宣化府怀安、万全左卫，达张家口。从张家口装“老倌车”或驼队，出大境门，沿长城走土井子、坝底，登旱滹坝，到张北县，向西北经康保县邓油坊镇，到化德县，再北上经镶黄旗到达赛罕（今苏尼特右旗），过浑善达克沙漠，到达二连的伊林驿站（今二连浩特）。过乌德（扎门乌德，今属于蒙古国）到赛音山达，穿过戈壁，至库伦（今蒙古国乌兰巴托）。由库伦北行十三个驿站，到达中俄边境之恰克图河南岸的买卖城。从崇安到这里，需要走三个月。

恰克图在俄语中的意思就是“有茶的地方”。1729年，俄国军队建成恰克图市场，租给俄国商人使用，俄国的东正教教会还在此建成号称俄国第二大的东正教教堂。财大气粗的晋商也不甘示弱，在恰克图对面建成中方的“买卖城”。从1847至1851年，俄罗斯从恰克图全部进货总量为31,058,844银卢布。其中茶的进货量为29,534,738银卢布，占全部进货量的95%。

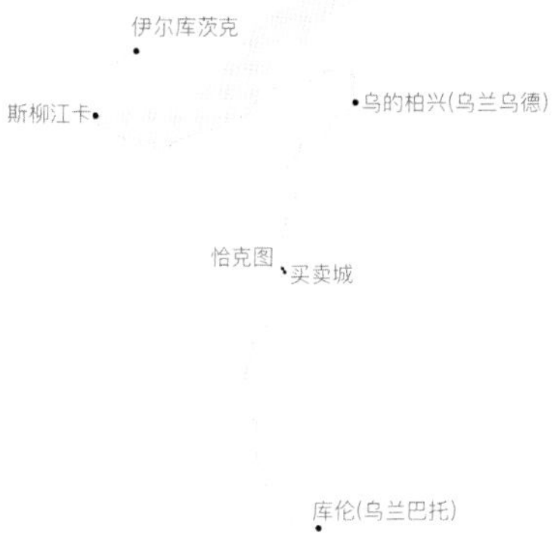

万里茶路

崇安—伊尔库茨克

俄商接手了茶叶，须完税后才可以运走。所有从恰克图运出的茶叶，都被缝在牛皮袋中。每张牛皮的价格约2银卢布。从恰克图出发，冬天坐爬犁，夏天可以坐船，沿色楞格河，经乌的柏兴（今俄乌兰乌德）到达贝加尔湖边的帕索利斯基修道院。从这里，夏天可以乘船抵达安加拉河和伊尔库茨克。冬天就坐爬犁，在对岸利斯特维扬卡上岸，直奔伊尔库茨克。然而，贝加尔湖天气瞬息万变，行船非常危险。顺风，抵达安加拉河口只用几个小时，若风向大变，则可能漂泊数天、半个月。这时只能走陆路。沿湖南岸的阿玛尔达坂依断崖形成的弯曲小路艰难攀爬。向西走完斯柳江卡到库尔图克这段异常难行的三十公里。再爬上几个较高的山脊，就可以沿着小路下到贝加尔湖北岸。路

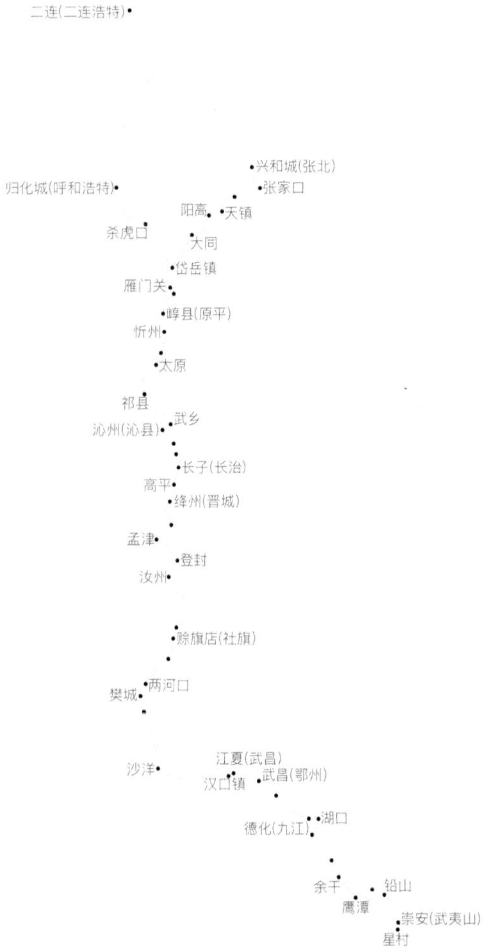

继续向东北延展，直通湍急的安加拉河，对岸就是伊尔库茨克。

在伊尔库茨克稍做休整，商队便要将茶叶装上平底船，沿着安加拉河，航行到叶尼塞河。沿河到达凯姆河口，在叶尼塞斯克上岸，茶叶被装上四轮大车或者爬犁，运至西方特米河边的托木斯克。然后再装船，沿特米河进入鄂毕河，在汉特-曼西斯克再转入鄂毕河支流额尔齐斯河；在托博尔斯克，原来西伯利亚汗国的中心，转入额尔齐斯河的支流托博尔河；一路逆流而上，在图拉河口转入托博尔河的支流图拉河；船经过秋明继续前行，又进入到图拉河的一条支流，逆流而上抵达伊尔比特。茶叶再次上岸，西南行到叶卡捷琳堡，自此翻越乌拉尔山，先走50俄里旱路到丘索瓦亚河上游的乌特金斯基码头，茶叶装船，沿河漂泊数日，抵达卡马河畔欧洲部分的彼尔姆；再延支流卡马河进入伏尔加河，航行到喀山，沿伏尔加河抵达下诺夫哥罗德。接着去往莫斯科、圣彼得堡。

从恰克图到莫斯科，水路漫长，且多处逆流，往往要走三年。为了节约时间，商队常在夏天就开始把货物从恰克图运到托博尔斯克，到达已是初冬。然后不再沿水路绕弯子，用雪橇把茶叶直接运到乌拉尔山的丘索瓦亚河。再走水路经伏尔加河接近莫斯科，到达时又是夏天。时间缩短为一年。

两年的旅行。武夷红茶，穿越这个大陆的壮阔山岳、传奇江河。风雪无阻，一往无前。松烟香进一步转化为干果香。汤色艳丽，诱人，似莫斯科郊外的红莓。

一磅红茶，武夷茶农以40～50戈比卖给山西商人。山西商人在恰克图以2卢布30戈比卖（换货）给俄罗斯商人。俄罗斯商人在莫斯科以6卢布卖出，每磅至少可以赚到1卢布80戈比。利润丰厚，不枉万里追寻。

附:《一七二七至一七二八年俄国北京商队账目》

(Le livre de comptes de la caravane russe a Pekinen 1727—1728)

俄国货

(一)松鼠皮

分灰鼠、玄鼠、鄂毕鼠、帖良兀惕鼠等类，共一三七六三八〇张，每千张价银三十五至四十两。

(二)银鼠皮

分鄂毕鼠、雅尔库茨克鼠、雏鼠等类，共二二八〇二〇张，每百张价银七至十二两，雏鼠每千张十两至十三两半。

(三)狐皮

分北极狐、北极雏狐、草狐、白胸狐、白胸火狐、灰胸狐、玄胸狐、火褐狐、火狐、玄褐狐、褐狐、灰狐等类，共九九五八七张。大抵每千张三六〇两至五〇〇两，珍贵者以张计。狐腿共四五二五〇对，大抵每对价三分至六分。

(四)貂皮

共二七五五〇张。每张普通价七十五分至一两。貂腿共四六四二五张，每千张普通价八两。貂腹共四六〇〇张，每千张普通价四〇〇两。貂尾共三二五三张，每百张普通价十四两。

(五)野猫皮

共三四二一张，每张普通价二两半。野猫腿共三〇四〇对，每对价四十分。

（六）海龙皮

共二〇〇六张，每张价一两半至二两。

（七）堪察加海狗皮

共五八一张，每张价十一两半。

以上共皮一七四五三九八张，腿七一五〇三对。此外尚有海牛皮、海马牙、荷兰呢及英、法钟表，玻璃，镜等欧洲美术品、奢侈品。

中国货

中国绸缎布匹，名称繁多，颇难证合，兹姑举大略。至于长度单位，依 Cahen 研究，大抵 1 postav 合十二米以上，1 partichtche 恰当其半，或约十米，1 archine 为〇·七一二米，1 tyoun 为三五·六〇〇米（约当中国十丈），konec 为 tyoun 之十分之一。

（一）缎子

绸子（aus，薄而窄），共二五〇四 postavs，每 postav 价二两半至四两半。普通缎子（atlas），共二一六 postavs 三 partichtches，每 postav 价二两八十分至六两。

厚缎子(kanfa)，共一三七〇 postavs 三九 partichtches，每 postav 价四两至十二两。

(二) 高丽缎子(kamba)

五两缎，共七二四 post. 三 part.，每 post. 价一两二十分至五两。

六两缎，共五九 post. 每 post. 价二两五十分至六两。

七两缎，共二三六五 post.，每 post. 价三两半至七两半。

七两以上缎，共四三〇 post.，每 post. 价九两至十二两。

(三) 各种丝制品

1. Baiberek(中文音作 Syandouang)共八五四 post. 三 part.，其中一半每 post. 价五两。

2. 贡绸共三百六十 post. 三 part.，上等每 post. 价八两，二等七两十分。

3. Svistoun(中文音作 gontchaoudza)共一九三 post. 二 part.，十三块，每 post. 价四两至六两半。

4. 花缎共一一〇 post. 二十二 part.，二十七块，每 post. 价约十二两。

5. 纱共一〇〇 post.，五二五块，每 post. 价约三两。

6. 锦绣(solonneuka)共七十六 post. 二 part.，八块，每 post. 价约五两。

此外尚有他种物品数量甚少，姑从略。

(四) 棉布

共一四〇七五 tyouns 二十四 konec，大抵每 tyoun 价三两。

（五）黄金

共二一八六两六十一分半，合银二一八六六两，金器共七十六两九十一分，合银七六〇两，白银共二三九六一两二十八分，银器共二四六两半。

（六）植物

1. 茶叶 绿茶（珠兰）二六一九斤，每斤价六十分；次等绿茶（兰花?）二一九〇二斤，每斤价四十分；红茶二五二斤，每斤价五十分。

2. 大茴香 共一五〇〇斤，大抵每斤价二十七分。

3. 红团烟 共七五一盒，每盒八分。

4. 药品共值一〇〇二两。

另有漆器、景泰蓝茶壶、丝帘、珍珠、生牛皮等物，计自一七二七年正月二十一日至是年七月二十五日六阅月内，在北京贸易额（货物及银）达一五二五三四两四十九分，在蒙古七四六二两九十分，别收俄币412.50卢布，当日每两银合1.40卢布，总计一六〇二九〇·六〇两。

（原载《学思》一九四一年第二卷第二期）

注：本附录为尊重原文，保留其原有的数字用法。

——编者注

西伯利亚大铁路：波罗的海与太平洋的握手

[图壹] 17—19 世纪
俄罗斯邮政马车（雪橇）

有两个俄罗斯，一个是乌拉尔山以西的欧洲俄罗斯，另一个是乌拉尔山以东的西伯利亚。西伯利亚，这个被疯狂掠夺进来的“赃物”，是西侧俄罗斯的七倍。俄罗斯是饕餮的帝国，也是反应迟钝的恐龙。版图广袤，疆土散漫。山湖林沼，狂雨暴雪。驿路[图壹]坎坷，从无坦途。

沙皇曾想以水路为触手，掌控东西。然而，西伯利亚几乎所有的大河皆是南北走向。若借水东行，就要从一条河的干流驶入支流，行到水穷处，上岸走过一段陆地，再进入另一条河的支流，顺流而下，进入其干流，再转入同一条河的另一支流，逆水而上，再上岸走一段陆路，再找到另一条大河的支流。这就好像几个人并排站立，一个人把左手的东西交到右手，再交到另一个人的左手。这还没考虑寒冬冰封之时，那些手臂将变得麻木残疾。

100年，物资延迟、政令晚点，甚至时代也因时区而不同。东西9000公里，是专制不可承受之重。俄罗斯是一艘巨舰，但它缺少一条龙骨。没有龙骨，庞大经不起风浪，疆土将会断裂。

政府被一个执念受孕，怀胎百年，待到子嗣呱呱坠地，便是西伯利亚大铁路。还是个早产儿，尚未发育完全。

人类尚无任何一项工程横贯这么广袤的领土。这是波罗的海跨越9000公里与太平洋的握手。它穿越了变换的风景、文化、民族、天气与时间。这是欧洲的蔓延，也是欲望的远征。

如果将西伯利亚大铁路自西向东分为6段。最先动工的，是第6段乌苏里段：从符拉迪沃斯托克（海参崴）开始向北跨越乌苏里江到达哈巴罗夫斯克（伯力），长度800公里的森林地带。紧接着动工的是第1段西西伯利亚段[①]：从西部的车里雅宾斯克

①这一段铁路现已不属于官方西伯利亚大铁路。

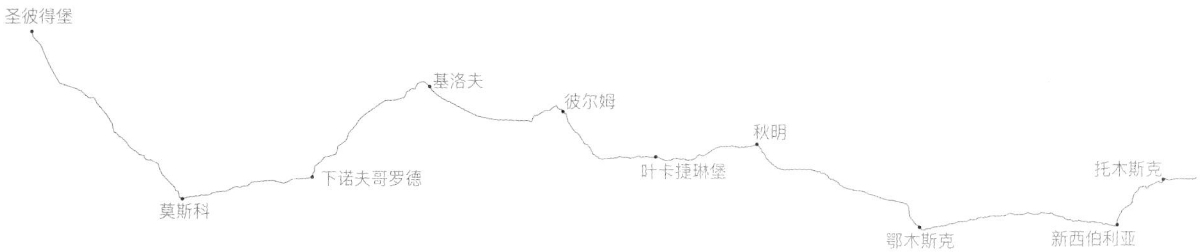

穿过鄂木斯克直到现在的新西伯利亚。这1440公里的主要挑战，就是要跨越河流架设桥梁。第三个动工的，是第2段中西伯利亚段：自新西伯利亚开始，通过克拉斯诺亚尔斯克直到贝加尔湖西边的伊尔库茨克。1895年开始修建第4段跨贝加尔湖段：从贝加尔湖东岸开始经乌兰乌德和赤塔[图壹]通往斯列坚斯克。1072公里都是茂密的森林。1910年修建第3段环贝加尔湖段。最后修建的是第5段阿穆尔段。1916年投入使用时，旅客仍需从斯列坚斯克换船，沿阿穆尔河（黑龙江）航行，抵达哈巴罗夫斯克（伯力），在这里再继续换乘铁路。

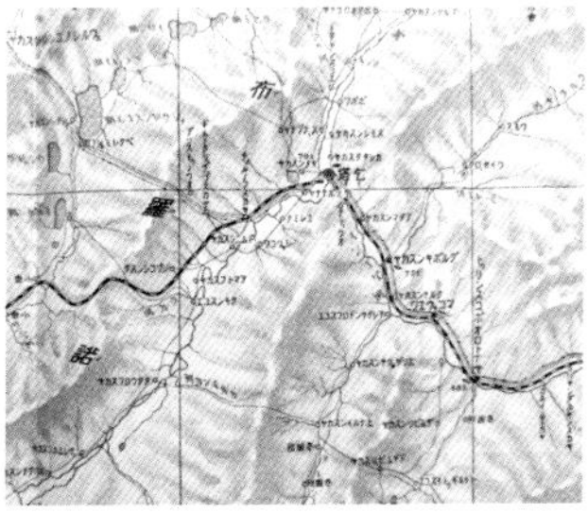

[壹]群山中的赤塔

引自日军情报地图　作者藏

我出生的那座城市，是被一条铁路催生的。1896年，《中俄密约》使俄国获得了西伯利亚大铁路支线横穿中国东北的权益。西伯利亚大铁路从第4段的赤塔开始，经满洲里进入中国，从绥芬河出境，直到西伯利亚大铁路的终点符拉迪沃斯托克（海参崴）。避开了第5段、第6段和第4段的一部分。这条抄近道

西伯利亚大铁路

的铁路叫中国东省铁路，简称中东铁路[图壹]。1898年6月9日，当铁路工程局选址最终敲定的那一刻，哈尔滨诞生了。

[壹] 中东铁路石坡段

哈尔滨城史文物馆馆藏照片

有了中东铁路这条近道，第5段阿穆尔段就不需要赶工了。1903年，中东铁路全线通车。这样，从莫斯科到符拉迪沃斯托克（海参崴）的铁路，尚未通车的就只剩下第4段：贝加尔湖段。

自西而来的西伯利亚大铁路，像条暴龙，在贝加尔湖边陷入了狂躁。首先，这个世界深度第一的湖泊，直接否定了对桥梁的想象。其次，考察后又发现，贝加尔湖南部，是以峭壁为岸，几乎无路可走。修环湖铁路的费用支出将是个天文数字。

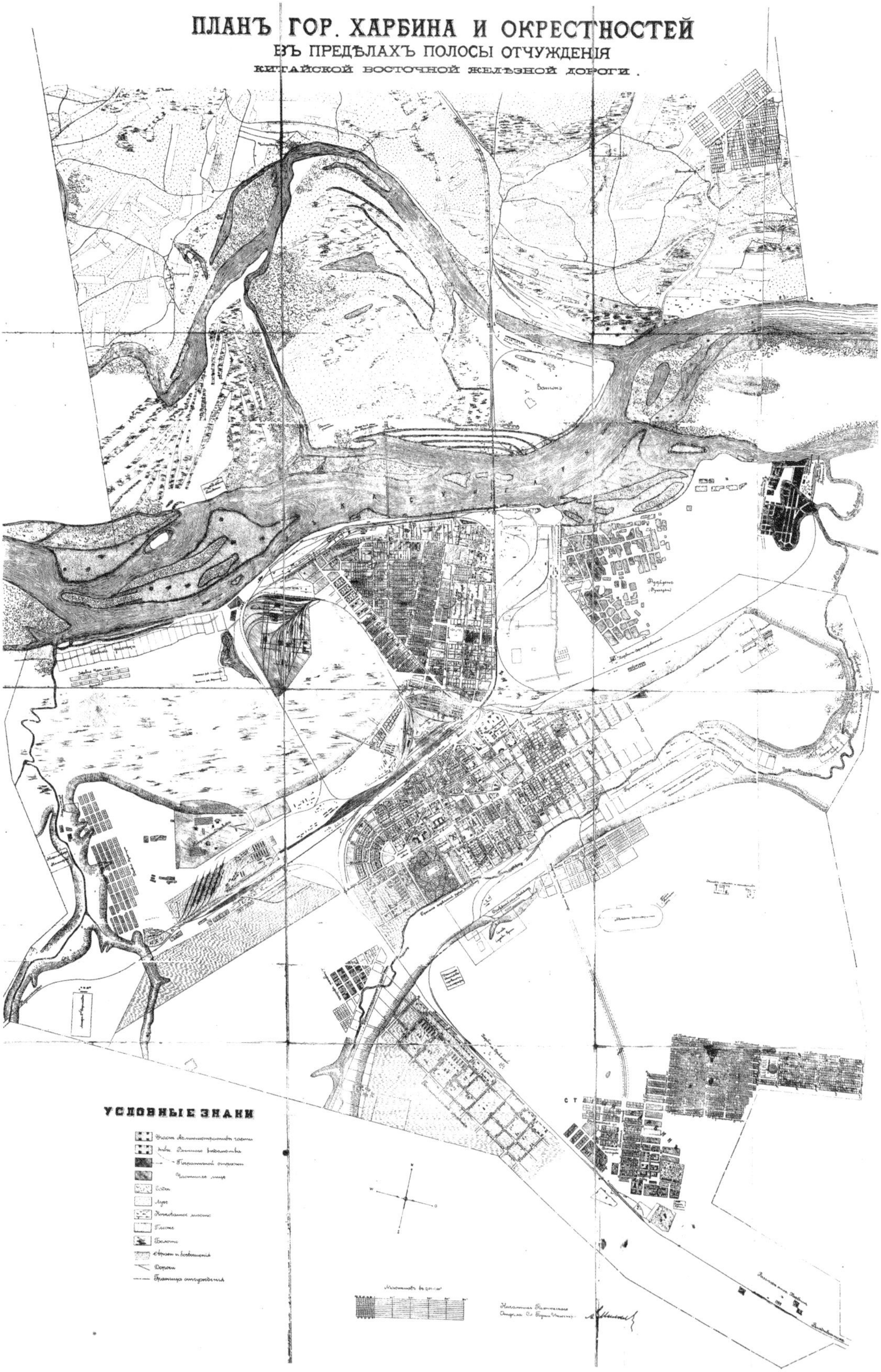

1906 年中东铁路及哈尔滨地图　哈尔滨城史文物馆馆藏文物

哈尔滨车站　哈尔滨城史文物馆提供

[壹]安加拉号　作者拍摄

纠结的政府选择了轮渡方案：用蒸汽轮船跨湖运输。为了冬季能通航，还必须装有破冰钢甲。于是，4200吨的“贝加尔号”于1900年投入运营，能载800名乘客和28节车厢。后来又购置了吨位较小的安加拉号[图壹]，只用于客运。天气好，蒸汽轮船能在两岸间走两个来回。天气不好，可能无法出航。冬季冰厚时无法破冰，只能停航。不甘滞留的旅客会改乘雪橇穿越危险的湖面。

思量多年，1901年，政府一咬牙，还是要修环湖铁路。工人在峭壁上一沙绳一沙绳地耗费着时间。到1904年9月完工，共开凿了39个隧道、100多座桥梁。环贝加尔湖铁路的完工意味着，借助中东铁路，西伯利亚大铁路算是贯通了。但是，没有典礼，也没有欢呼。因为日俄战争已经打了7个月，俄军惨败。

对中国东北和朝鲜，日俄争夺已久。西伯利亚大铁路的工期，正是日本决策在2月开战的关键理由。他们判断贝加尔环湖铁路在1906年前无法完工，莫斯科到中国东北的补给线会长达五六个星期。西伯利亚大铁路一旦畅通，兵力调度会缩短到10天，那时再想撼动俄罗斯就很困难了。新仇旧恨，不如趁此了断。

果然，战争一开始，俄罗斯的运输就陷入混乱。军队翘首以盼的物资堆积在贝加尔湖车站，等待用畜力运过贝加尔湖。冰面用柱桩标记道路。军官们即便乘雪橇，也要经常下来步行，爬过堆积的冰块（其中就有今天的旅行者趋之若鹜的蓝冰）；而士兵只能步行走过数十公里宽的湖面。隔一段会有一个庇护所，提供茶和热汤，可以简单处理冻伤。为了加快军事行动，铁轨也被大胆地铺上冰面。结果，第一列试图通过的火车，就直接掉进湖里。俄罗斯人跨洲补充的兵源就这样在贝加尔湖丧失了战斗力。日本黑龙会1912年11月5号新出版之《日本之三大急务篇》也持同样观点："顾俄以如此大兵，终不免失败，其原因固极复杂，而西伯利亚输送力不完全，军队策应不无迟缓，亦其要因。"

壹 "南满铁路"股票 作者藏

俄罗斯人输掉了两个强盗在别人领土上进行的战争。根据《朴次茅斯条约》，俄国撤离了中国东北南部，保住了中国东省铁路的主线，而南至旅顺的支线全部落入日本人的手中，并升级为所谓的南满铁路图壹。

战争的失败让俄国人有了后顾之忧，面对咄咄逼人的日本，他们开始为中东铁路准备替代方案：西伯利亚大铁路第5段阿穆尔段重新开工了。铁路完工在革命的前一年，接着是内战。随后这条旧政府锻造的触手，变成了苏维埃的强大动脉。铁路输送煤炭、矿石和粮食，也输送政策、思想、士兵和囚犯。二战时期，苏联将西部的工厂分装、打包，利用西伯利亚大铁路向

1907 年的火车，在卫国战争中依然发挥巨大作用

东部快递了半个国家的工业。源源不断的造血功能支撑苏联走向战争的胜利[图壹]。战后，作为补充，又建设了第二条横贯东西伯利亚和远东的贝阿铁路（Baikal-Amur Mainline）。

从莫斯科到符拉迪沃斯托克（海参崴），历史匍匐在9298公里的铁轨上，穿越帝国的迷梦和意识形态的喧嚣。西伯利亚大铁路，像一个超长的横轴，等待着时间给它一个公允的坐标。

高尔察克：下辈子只做个极地学家

[壹]喀拉海位置图

他说服不了领导，就递了辞职信，去了北极。看起来这是一次说走就走的旅行，而旅行归来，他完成了一本书（《喀拉海[图壹]和西伯利亚海的积冰》），拿了一个大奖（皇家地理学会的最高荣誉——大君士坦丁金质奖章）。

[贰]帕斯捷尔纳克纪念邮票
苏联发行

那已是十三年前的事了，现实的俄罗斯已乾坤挪移。沙皇逊位，布尔什维克上台，俄国临时政府成立。他，海军上将高尔察克（Алекса́ндр Васи́льевич Колча́к），被宣布为俄国最高执政官。

高尔察克组建了一支15万人的队伍，在1919年春天，由东向西进攻。帕斯捷尔纳克[图贰]在小说《日瓦戈医生》中，塑造了一个在火车上指挥战斗的、可怕的斯特列尔尼科夫政委。1918年，领导红军攻击高尔察克的，正是这个政委的原型，红军的缔造者，托洛茨基。

Пролетарии всех стран, соединяйтесь!
БЕЛОРУССКАЯ ПРАВДА
ОРГАН ПАРТИЗАН КОММУНИСТОВ БЕЛОРУССИИ.

图壹《别洛露西亚真理报》

1919年11月，鄂木斯克被红军攻占。就职一周年的独立政府执政官、黑海舰队司令、一战英雄、极地考察专家、携带道德光环的高尚者高尔察克，决定率部横穿西伯利亚，逃往太平洋[1]。日本人已在符拉迪沃斯托克（海参崴）登陆，控制了贝加尔湖以东的西伯利亚大铁路，高尔察克已经把自己的高傲折叠收好，此时，他希望得到他之前的敌人的支持，以求东山再起。

他决定乘坐七列火车逃走，其中一列据说载有沙皇留下的大量黄金。军队以及反布尔什维克的流亡者们追随高尔察克，踏上了6000公里的征途。虽说这是撤退，前方却并非真正意义的后方。铁路被捷克军队控制，到处是敌对的民众，到处是游击队，《别洛露西亚真理报》图壹号召游击队员破坏敌人后方铁路，安放炸药，炸毁桥梁，锯断枕木。

高尔察克并未亲自带领他的信众，他和情妇坐在温暖的包厢里

①

同志们！红军从高尔察克手里收复了乌拉尔全境，并已开始收复西伯利亚。乌拉尔和西伯利亚的工农兴高采烈地欢迎苏维埃政权，因为苏维埃政权正在以铁帚扫除所有一切地主资产阶级恶棍，这些恶棍竞用苛捐杂税、鞭笞拷打、侮辱蹂躏以及恢复沙皇压迫手段，使人民受尽了折磨和痛苦。

摘自列宁：

《关于战胜高尔察克致工人和农民的信》

抱怨着行程。气温从零下30℃开始陡降，寒风凄厉，暴雪如锯。逃难者要尽可能地穿厚实，还要在贴肉的袜子里倒上一勺红辣椒末。高尔察克也曾耳闻，本该发给士兵的装备和棉衣被他的军官囤积变卖。在古老的邮路上，散落着贫民、难民、士兵、逃兵。严寒杀死羸弱的人类，杀死拉雪橇的良马。而伤寒也加入了杀戮，仅仅在尼古拉耶夫斯克（庙街），红军就发现3万具尸体。据估计，在整个逃难的路上，在西伯利亚大铁路沿线，有100万人死去。

车头罢工，水管凝结，官老爷乘坐的火车时开时停。依靠脚步的行军虽未结束，继续挪动的却只能算是走肉行尸。雪，是发疯的庄家，用西伯利亚最寒冷的冬天下注，把结局推给高尔察克的命运。

阶段的幸存者，跋涉了2000公里后，看到了贝加尔湖。数十公里宽的湖面闪着幽光，仿佛死神的舞池。暴风雪演奏着死亡圆舞曲，熊皮、海豹皮、貂皮都放弃抵抗。活着的人只是暂时活着，他们把自己献祭给时代，把尸体陈列于冰面，陈列给上天看。直到坚冰解冻的月份，这些生命的遗物将沉入这个星球最深的湖底，万劫不复，甚至灵魂都无法浮出水面。百年后，你还能听见冰下恶鬼的哭嚎。那是低沉的控诉，是二月发出的行将颠覆冰面的警告。

贝加尔湖，是高尔察克的终点。1920年，背叛如期而至。在距离伊尔库茨克508公里的下乌金斯克，交易已经谈妥。伊尔库茨克的革命者出了个好价钱：只要“卖掉”高尔察克，昔日的盟友，那些一路护送他的捷克人，便可安全地离开苏联。

世界的尽头并不在符拉迪沃斯托克（海参崴），在伊尔库茨克。2月7日，天还没亮，高尔察克拒绝了蒙眼布。红军战士的

[壹] 高尔察克雕像基座浮雕

枪响了，尸体被抛入安加拉河的冰窟窿。他将随波逐流，奔向叶尼塞河，奔向喀拉海，奔向一个以高尔察克为名的岛屿。若生命重来，他应该会拒绝军衔，坚定地做一辈子极地学家。

贝加尔湖边，布尔什维克人以高尔察克之死为胜利奠基。新生的苏维埃经历了各国的干涉，经历了内战，顽强地活了下来。

伊尔库茨克的街道，流窜着风雪和黄金的传说。高尔察克站在街上，他的塑像背对着修道院，对拥戴与反对[图壹]都保持缄默。就像列宁坐在咖啡馆的灯箱上，注视着这一个世纪的暴雪。

活着穿越冰湖的旧世界的拥护者，那些七零八落的白军，在严寒中继续逃亡：一部分人赶往符拉迪沃斯托克（海参崴），去会合谢苗诺夫的军队，未来也不过是延期支付的绝望；一部分人在赤塔搭上了时停时开的火车，前往一个叫作哈尔滨[图贰]的年轻城市。

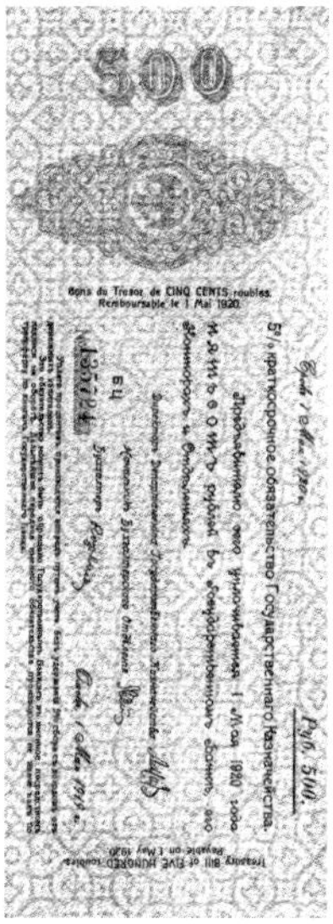

[贰] 流入哈尔滨的“高尔察克”票
高尔察克临时政府发行
哈尔滨城史文物馆馆藏文物

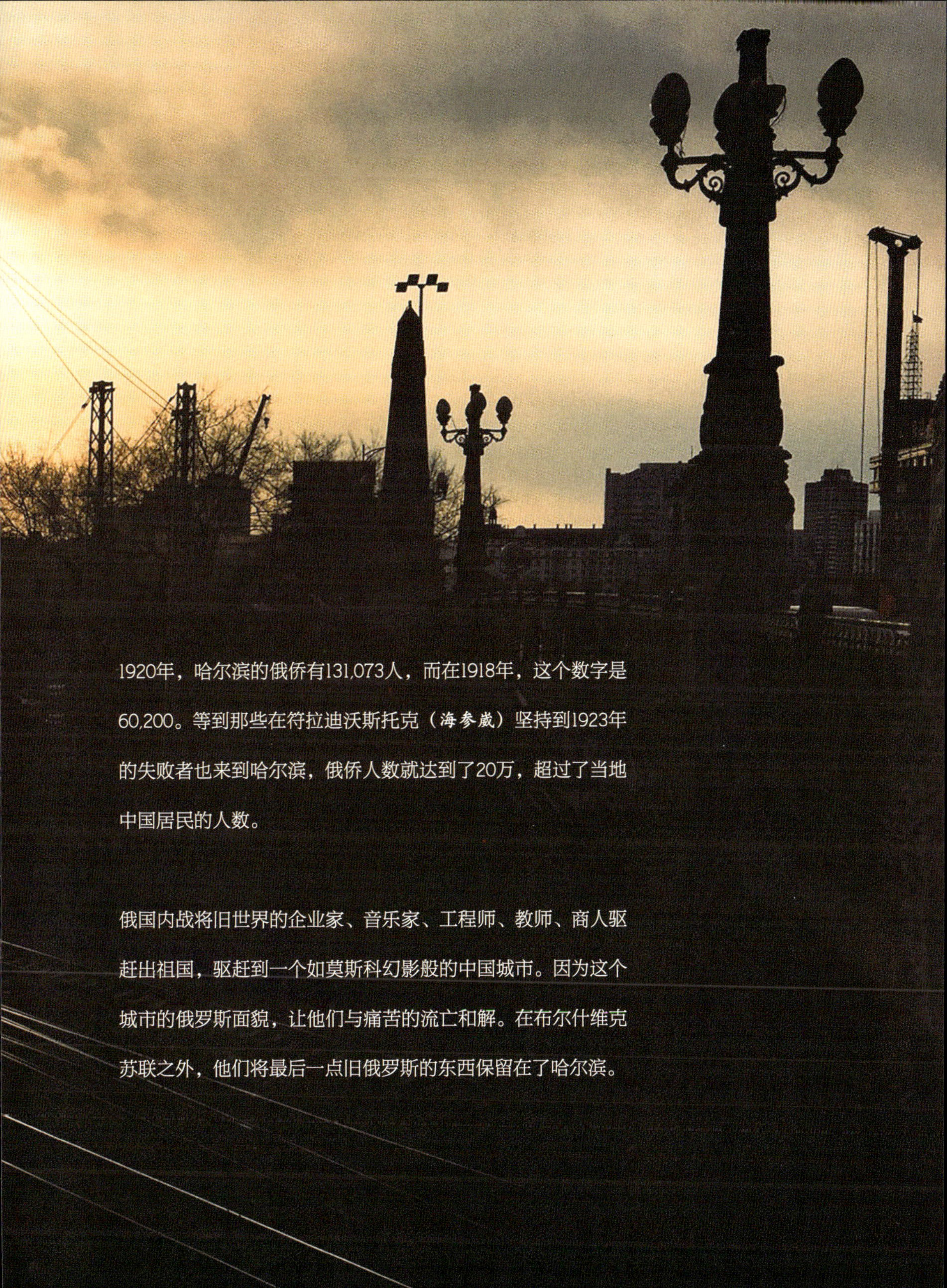

1920年，哈尔滨的俄侨有131,073人，而在1918年，这个数字是60,200。等到那些在符拉迪沃斯托克（海参崴）坚持到1923年的失败者也来到哈尔滨，俄侨人数就达到了20万，超过了当地中国居民的人数。

俄国内战将旧世界的企业家、音乐家、工程师、教师、商人驱赶出祖国，驱赶到一个如莫斯科幻影般的中国城市。因为这个城市的俄罗斯面貌，让他们与痛苦的流亡和解。在布尔什维克苏联之外，他们将最后一点旧俄罗斯的东西保留在了哈尔滨。

伊尔库茨克不受制于时间

贝加尔湖也有它的《双城记》。两个主角，踞深渊之侧，东西相望。乌兰乌德是色楞格首城，伊尔库茨克是安加拉都会。乌兰乌德呈现出布里亚特人退守求全的历史面貌，伊尔库茨克显示着俄罗斯人持续统御的图景。

伊尔库茨克，是亡命徒的私生子，商人的养子，最后被过继给了沙皇。伊尔库茨克，是掠夺者的据点，野心家的巢穴。黄金和毛皮给它奠基，中俄贸易的收益为它添砖加瓦。据说彼得大帝竭力将欧洲启蒙运动带进圣彼得堡，是想去除俄罗斯的野蛮和粗鲁。但伊尔库茨克优雅的天际线却全凭粗鲁和野蛮催生。武夷红茶和南京丝绸从恰克图启程，像色楞格河一样涌入贝加尔湖，又如安加拉河一般流向伊尔库茨克。与这股洪流纠缠在一起的，是勒拿河的黄金和西伯利亚的毛皮。暴发的商人在伊尔库茨克欢宴，亡命徒和抢劫犯也在伊尔库茨克麇集。暗巷、河岸，甚至教堂都变成案发现场。你可以唾弃罪行，但谁都无

壹 俄属美洲——阿拉斯加

法阻挡有罪的金钱改头换面。它们变成教堂、凯旋门、方石路和巴洛克式住宅。城市的匠作凭借工艺和品位赚取赞叹，转移了注意力。这就是金钱的变形记，是给大脑准备的蒙眼布。几个世纪之后的到访者，无从想象被活剥皮毛的紫貂的尖叫，中毒身亡的矿工，还有那些死于哥萨克人枪下的通古斯人、雅库特人和布里亚特人。

伊尔库茨克是野心的新起点。丹麦人维图斯·白令在这里筹备了第一次北太平洋探险，他要去寻找亚洲与美洲的边界。那个海峡15000年前就有人发现，却用他的名字命名。高尔察克也计划横穿大陆抵达太平洋，但伊尔库茨克在中途截留了他的人生。在一座高尔察克雕像背后的修道院里，埋藏着另一个太平洋冒险家——谢里科夫，俄罗斯的哥伦布，是他搜寻海獭的船队奠基了俄属美洲，那个地方就是今天的阿拉斯加图壹。

伊尔库茨克，深渊边的城市，“地狱上的天堂”，俄罗斯就在这城市以东的西伯利亚大铁路上输掉了日俄战争。白匪军的反抗又在城边的安加拉河上被苏维埃水葬。此后，历史剧的追光熄灭，伊尔库茨克遁入大陆广袤的暗部。

然而，伊尔库茨克何曾忘记炫耀。这城市忘乎所以，因为它从来藐视规矩。圣彼得堡抄袭欧洲，伊尔库茨克抄袭圣彼得堡，而后它厌倦了抄袭，便抛弃范式，随意发挥。引用拜占庭的装饰，也移植佛教的图案，这是不羁的西伯利亚对欧洲的冒犯。但是谁在乎呢？伊尔库茨克没有贵族，它就是荒野，适者生存，风格不问出处。带蕾丝边的木刻楞和哥特式教堂都要占有一席之地，还有苏联的三段式以及社会主义的方盒子住宅。伊尔库茨克的时代，就是每一个时代。伊尔库茨克的今天，就是每一个昨天。

«Въ нынешнемъ во 169 (1661) году
Июля въ 6 день противъ Иркута рѣки
Верхоленской сторонѣ государевъ
острогъ съ служилыми людьми ставлю»
Письмо Енисейскому воеводѣ Ивану
Ржевскому сына боярскаго Якова Похабова
о строении Иркутскаго острога

伊尔库茨克何曾衰落。清晨，当全城被钟声淹没，阳光和教堂的尖顶开始交易黄金。所有的日子都回来了，伊尔库茨克不受制于时间。

улица
5-й АРМИИ
бывшая
ТРОИЦКАЯ
65
улица
ЯРОСЛАВА ГАШЕКА
ВК ВК
ПОМОЩЬ
БЕЗДОМНЫМ

毛主席不想下车

[图壹] 约瑟夫·维萨里奥诺维奇·斯大林

20世纪50年代，战后的世界掀起了一场工业化的浪潮。无论西方还是社会主义国家，不管老牌资本主义阵营还是新兴国家，或求复兴，或争自主。中国亦是这浪潮中的一员。1953年，中国开始了第一个五年计划，那一年是今日中国工业体系的奠基元年。也正是在这一年，苏联部长会议主席、苏联共产党中央委员会书记斯大林[图壹]去世。

1954年10月，一列火车从东向西开过贝加尔湖。车上的大人物是刚刚结束第一次访华的斯大林的继任者尼基塔·谢尔盖耶维奇·赫鲁晓夫。赫鲁晓夫参加了10月1日中华人民共和国成立五周年国庆庆典，并对中国进行正式访问。接着又前往东北，参观了大连、鞍山、长春和哈尔滨。10月16日，专列从哈尔滨启程，经满洲里回国。留在他身后的是丰硕的外交成果[①]。

① 具有伟大历史意义的新的中苏条约，巩固了两国的友好关系，一方面使我们能够放手地和较快地进行国内的建设工作，一方面又正在推动着全世界人民争取和平和民主反对战争和压迫的伟大斗争。

引自毛泽东在中国共产党第七届中央委员会第三次全体会议上的书面报告。收录于《毛泽东选集》第五卷

双方签署了关于中苏举行会谈的公报，同时签订中国政府和苏

联政府联合宣言，中国政府和苏联政府关于对日本关系的联合宣言，中苏关于苏联军队自共同使用的旅顺口海军根据地撤退并将该根据地交由中国完全支配的联合公报，中苏关于将各股份公司中的苏联股份移交给中国的联合公报，中苏关于签订科学技术合作协定的联合公报，中苏关于修建兰州一乌鲁木齐一阿拉木图铁路并组织联运的联合公报，中国政府、苏联政府和蒙古政府关于修建从集宁到乌兰巴托的铁路并组织联合运输的联合公报。除此之外，还签订了关于苏联给予中国5.2亿卢布长期贷款的协定和关于苏联政府帮助中华人民共和国政府新建15项中国工业企业和扩大原有协定规定141项企业设备的供应范围(苏联补充供应设备总值在4亿卢布以上)的议定书。此外，苏联还赠送中国拖拉机198辆，汽车40辆，摩托车24辆，机动犁100辆，播种机120台，耕耘和粗耕机100台，耙1600个，净谷机16台，割草机16台，无线电台16个，拥有100个号码的电话总机1部，各种修理机床14台，电焊设备2套，流动电影放映设备1部，并派若干专家前来协助工作。

这是中苏两国的蜜月期，但裂痕也开始蔓延。苏联不想让中国发展核弹，想把中国永远罩在自己的保护伞之下。这种惯性的权力排序与中国的崛起并不合拍。有一张拳击手面孔的赫鲁晓夫并不知道，四年前，他的对手毛泽东经过贝加尔湖时都想了些什么。

1950年2月，签订《中苏友好互助同盟条约》之后，第一次出访苏联的毛泽东乘坐专列归国，当火车绕过贝加尔湖南岸，驶向东方的乌兰乌德。望着湖面，他忽然问陈伯达："老陈，你知道这是哪里吗？"并未领会主席意思的陈伯达说："是乌兰乌德。"毛泽东不高兴地说："我是问你历史上这是什么地方。我还不知道这是乌兰乌德吗？"火车已经进站了，当地党政领导来见毛泽东，邀请"尊贵的客人，毛泽东同志下车休息”。毛泽东一改此前每站必下的惯例，挥手拒绝苏方的要求。这是毛泽东在苏联全境的回途中唯一没有下车的地方。

1958年7月31日，赫鲁晓夫第二次访华。因为海峡局势紧张，美国第七舰队活动频繁，苏联舰队已进入太平洋，要求在中国建立一个长波电台以便指挥联络，毛泽东坚持认为苏联的建议是对中国主权的侵犯。“斯大林不是这样的吗？搞了一个旅大，搞了两块半殖民地——东北和新疆。”毛泽东说，“只要苏联坚持搞海军‘合作社’，搞什么联合舰队，中国就不干。英国人和别的外国人已经在我们国土上待了很多年，我们再也不想让任何人利用我们的国土来达到他们自己的目的。”

1958年没有达成目标的赫鲁晓夫，在1959年第三次访华时，再次对中国内政外交指手画脚，也再次让毛泽东感到不满。[①]

①苏联的建设经验是比较完全的。所谓完全，就是包括犯错误。不犯错误，那就不算完全。学习苏联，并不是所有事情都硬搬，教条主义就是硬搬。我们是在批评了教条主义之后来提倡学习苏联的，所以没有危险。

无产阶级政党一般地还是要有两条：君子动口不动手，第一条；第二条，小人要动手，老子也动手。这样的提法，就没有弊病，都管到了。不然，就不行。

斯大林本身，你也要给他三七开嘛！斯大林的成绩算它七分，错误算它三分。这也未必见得准确，错误也许只有两分，也许只有一分，也许还稍微多一点。总而言之，斯大林的成绩是主要的，缺点、错误是次要的。这一点，我们同赫鲁晓夫有不同意见。

《做革命的促进派》，《毛泽东选集》第五卷斯大林、赫鲁晓夫等苏联领导者，一直都没有理解1949年毛泽东在天安门城楼上说的那句话：“中国人民从此站起来了！”

1964年，毛泽东会见来访的日本共产党代表团时说：穆拉维夫在俄国大门口窃取的中国领土这笔账，中国还没算呢。1969年3月，双方爆发了珍宝岛冲突。2001年7月，中俄签署了《中俄睦邻友好合作条约》。2005年4月27日，全国人大批准《中俄国界东段的补充协定》。2005年5月20日，俄罗斯国家杜马表决批准该协议。根据该协议，珍宝岛是中国的领土。2014年5月20日，中俄签署《中俄关于全面战略协作伙伴关系新阶段的联合声明》。2019年，俄罗斯有近90万人签名请愿，反对中国资金在贝加尔湖建瓶装水厂。这是继不满中国人在贝加尔湖畔建房，指责俄罗斯森林被滥伐出口中国后，又一起针对中国的

贝加尔和西伯利亚似乎还停留在一个过去的时代，而这个时代还淹没在更早年代的阴影里。陈旧的思想不合时宜，就像那些冻土层上歪曲的木屋。历史不是时间，跟永恒也扯不上关系。攫取的，失去的，其实都是时间的。没人能阻止时代，无人不应面向未来。沉湎于偏见和胆怯之中的人们，需要被毛泽东的一句诗点醒：当惊世界殊。

贝加尔，名之者谁

俄罗斯人向东挺进，步步为营，建立起有水路相通的城堡网。而这个俄罗斯人的区域像楔子一样插进三个主要土著部落当中。于是，通古斯人被挤向北方，雅库特人被挤到东北，南方的布里亚特人则被挤向东边的贝加尔湖。退无可退，只能激烈反抗。这波反抗阻拦了哥萨克人东进，也延缓了他们到达贝加尔湖的时间。哥萨克人从通古斯人那里听说过一个叫作拉玛（Ламу）的湖，通古斯人说，那里有貂皮，有黄金，有白银。拉玛，拉玛，哥萨克人都想疯了，可就是不知道在哪儿，不知道怎么到那里去。

通古斯人：Ламу，拉玛

1636年，叶尼塞斯克督军派叶利塞·尤列夫去寻找拉玛。名字这个东西，本是用来区分个体的，又往往容易搞乱逻辑。你看，拉玛的意思是海，贝加尔明明是个湖，鄂温克族人却叫它“拉玛”。这就像鄂温克族人本来自称鄂温克，雅库特人偏叫他们通古斯；更可气的是后来的俄罗斯人也跟着叫通古斯。

俄罗斯人没时间听通古斯人解释他们叫鄂温克，但他们却听从通古斯人的指引，去找一个叫作海的湖。那个尤列夫招募了50个人，顺着蛮荒的勒拿河航行，一路上找啊找。最后，他们终于找到了——北冰洋。

从语言学上看，他们也不能算失败，因为通古斯人把贝加尔湖、鄂霍次克海和北冰洋统统称之为“拉玛”。通古斯人说的就是让他们去找“拉玛”。

布里亚特人：Байгал

受到布里亚特人阻挠的俄罗斯人，想绕道寻找贝加尔湖。可是，连他们自己也不知道要寻找什么，甚至连贝加尔湖在哪里也不知道。

那是1644年，也有人说是1643年，库尔巴特·伊万诺夫带领50名哥萨克人以及招募到的48个渔猎人和流浪汉，去上勒斯克换防。后来他带领75个人，抵达了贝加尔湖边的小海。据说那天是7月2日，是俄罗斯人第一次出现在贝加尔湖。他们在小海边造船，划着船，登上奥利洪岛，袭击了岛上的布里亚特人。布里亚特人最后答应缴纳实物税，算是同哥萨克人和解了。俄罗斯人一聊天儿，知道这个地方叫“Байгал”。

库尔巴特又派谢缅·斯科罗霍德带着6名哥萨克人和30名渔猎人，沿这个Байгал航行到北部的上安加拉河。他们沿着贝加尔湖西岸走到了瓦赫纳湾，设置了一个冬天的营地，又和当地的通古斯人一起，走到东岸的巴尔古津。后来，36人中只有14人回来，其余的都死掉了。

俄罗斯人：Байкал，贝加尔

最初，库尔巴特·伊万诺夫给这个湖列了两个名字——拉玛和贝加尔湖，他确认了这个布里亚特人的Байгал就是通古斯人说的那个拉玛（Ламу）。

再往后，这个湖的名字被固定下来，“Ламу”（拉玛）被遗忘了。俄罗斯人很快就跟随布里亚特人改叫“Байгал”。两三年后，他们按照俄语习惯把Байгал调整为“Байкал”。

俄语的Байкал，来自布里亚特人的Байгал，那么Байгал又来自哪里？

有人联想到突厥语“Бай”和 “Кёль”的结合，意思是“富饶的湖”。也有人联想到蒙古语的“Бай”和 “Куль”，也是“富饶的湖”的意思。但是，无论过去或现在，无论当地的哪一个民族，都不把贝加尔叫湖而称之为“海”。例如，通古斯人称“贝加尔”为“拉玛”，这个词的意思就是“海”。

还有一种意见是布里亚特人自己的解释，他们认为“Байгал”就是来自布里亚特语的“Бай”和“Куль”，意思是“熊熊的大火”。为了圆好这个概念，布里亚特人说，最初没有湖，因为火山爆发，贝加尔湖才诞生。问题是贝加尔湖是2500万年前诞生的，那时人类尚不存在；何况按照蒙古语的发音“Бай”和“Куль”与“贝加尔”并不吻合。

雅库特人：Бый-гал

《世界奇景探胜录》里说，“贝加尔”之名最初是大约1300年前住在这里的骨力干人起的，这个说法还没有证据。比较靠谱的说法是，布里亚特人的这个Байгал来源于雅库特语“Бый-гал”。雅库特人，恰恰就是骨力干人的后裔。他们曾经住在贝加尔湖边。后来，那里变得拥挤了，野兽不再活跃，他们就躲进针叶林深处，追踪着野兽。雅库特人走着，走着，走到勒拿河，走到海洋的前面。在那里没有针叶树了，世界尽头遍布苔原，那里有漫长的夜晚。他们停下来，生活，狩猎，怀念故乡。

当俄国人到达西伯利亚，到达世界尽头时，雅库特人不停地告诉俄罗斯人向南走、向东走。

向东走，去Бый-гал。

为什么建议我们去那个地方，叫什么？Бый-

Бый-гал，那里有所有的财富：金子、银子、貂皮。

Бый-гал是什么鬼东西？

Бый-гал，那是一片富饶的海洋。

Бый-гал，富饶的海洋，嗯。

布里亚特人的 Байгал ，什么时候出现的？

如果说Байгал是布里亚特人继承自雅库特人，那么蒙古人是从什么时候开始使用这个词的呢？蒙古史书《黄金史纲》里说："不里牙惕的鄂鲁锡固斯从大贝加尔捕得鸦鹘，奉纳给主上，主上便让鄂鲁锡固斯管领不里牙惕。"这是我们在蒙古史籍中第一次见到"贝加尔"这个词。这里的鄂鲁锡固斯实际上就是指1207年乞力吉思等部长斡罗思亦难等贡献白海青之事。另一部史书《蒙古秘史》也有记载："拙赤将在失必儿、客思的音、巴亦惕、秃合思、田列克、脱额列思、塔思、巴只吉惕（等地）这边的林木中的百姓（尽都）收服，将乞见吉速惕万户、千户的那颜们，（和）林木中的（那颜）们带来，谒见成吉思可汗，呈献白海青、白骟马和黑貂皮。"

"贝加尔"还曾指称另一条河，就是斡难河，《蒙古秘史》里斡难河是Onon。而《蒙古源流》及《黄金史纲》里均写作"Baighal"（贝加尔）。如果这条河连接贝加尔湖，那么这个命名就有它的道理：用贝加尔指称贝加尔湖和与其相连的河流。问题是，斡难河是黑龙江的支流，不属于贝加尔水系。

贝加尔名称源流

蒙古语：Байгал - Далай，贝加尔 - 达赉

布里亚特人把贝加尔叫作Байгал，再后来，蒙古人在 Байгал 后面又加了一个表示大海的词：Далай（达赉）。称贝加尔为“Байгал - Далай”。

俄罗斯名：Святое море，圣海

这个名字归功于早期的俄罗斯定居者。这是一个俄罗斯的名字，虽然在16世纪到17世纪上半叶的俄罗斯文献中它并不存在。俄罗斯人历来有一种圣化湖泊的冲动。这种对大自然崇敬的态度可以追溯到古代，当时人们崇拜光、星星、河流、湖泊

和海洋。这与通古斯人的萨满教类似。贝加尔湖壮阔的景色以及令人恐惧的风暴、寒冷，促成了这种对贝加尔湖的圣化与崇拜。

另一个雅库特名字：Ангарское，透明之海

英雄时代的北部雅库特人，在诗歌中赞颂贝加尔湖时，常用这样一个词：Ангарское。这个词的意思是清澈的、透明的，有时它也被写成：джэнгкэрэ — джангхара — ангхара — ангара。后来慢慢演化成了“安嘎啦”这个发音，也是今天安加拉河的来历。在古代，贝加尔也被称为“透明之海”或“安加拉·贝加尔海”。

苏武之后，中国史书中的贝加尔

贝加尔湖，并不是一个汉地的湖泊，所以它在汉语中的名字大多是音译。**西汉**时，贝加尔湖处丁零地，为匈奴控制，汉书称北海；**东汉**、**三国**和**西晋**时期，贝加尔湖是在鲜卑的控制范围之内，名亦曰北海；**东晋十六国**时期，贝加尔湖被改称为于巳尼大水；**南北朝**时期，贝加尔湖先后被柔然、突厥控制，名称仍为于巳尼大水；**隋朝**，贝加尔湖被东突厥控制，复被改称北海；**唐**前期，贝加尔湖成为大唐帝国版图一部分，归关内道骨力干属，贝加尔湖也被改称为小海；后**东突厥**（史称后突厥）复国，贝加尔湖复归突厥，后又归**回鹘**所辖，仍被称小海；**宋朝**，贝加尔湖被蒙古八剌忽部控制；13世纪，布里亚特人也来到贝加尔湖地区，无论是突厥人还是布里亚特人都没能改变埃文基人的生活方式；**元朝**，贝加尔湖被划入元帝国版图，属

“岭北行省”，被称之为菊海；**明朝**，贝加尔湖被瓦剌不里牙惕部控制；**清朝**，18世纪初的《异域录》称之为柏海儿湖，《大清一统志》称之为白哈儿湖。

БАЙКАЛ

第三章

行走

Ходить

你要破费一些时间
鼓励自己的愚蠢

那一年，你已抑制不住对人与事的失望。好像一场马拉松，周围的人都亢奋向前，你却倒退着离开。不断有人跑上来拍打你的肩膀，你却执拗地跟时代分手，像一个不等倒数就离开跨年狂欢的人。闭门不出，寡言，厌食。你不逃避活着，但已拒绝过往安排给你的一切生活。

门外充斥着精致的俗气和不自知的浅薄。人们搜集各种偶像，抄录他们酸臭的金句装扮自己，就像望远的人借路上的牛粪垫起身高。尼采说，他宁愿生活在冰天雪地，也不愿活在现代各种美德与暖风之中！四十年来你已厌倦在庸常面前表现稳重和宽容。你相信脚步是翅膀，你只该“去荒野里歇宿”。

贝加尔得以成行，是借助一次冲动，就像萨满求助致幻的酒和蘑菇。这些年，冲动已算得上一种稀缺的品质，它本可以帮你决断诸事，把你揪出泥潭；但你成熟、有强大的理性，理性总被你用于借口，甚至灭口。

一个荒野，三个半小时之外。

你出发了，携带着肥胖、沮丧还有从书本里捡来的道理。

你决定仅靠呼吸和脚步，而不是理性。

走吧，任性地走，在贝加尔，任性比理性赚取更多。

不要思考，只是把自己扔进荒野，像把脏衣服扔进洗衣机。

你走了那么远，不是为了看清自己，是为了看不见自己。

你要破费一些时间，鼓励自己的愚蠢。

生活太像无路可走的森林，

又像荒原，随处可行

就算你走到天边，也得背着那甩不掉的过去。

身体可以去别处，记忆却没有远方。

这世界，随处都可以是回忆现场。

生活，不是一觉醒来就什么事都翻篇儿了。

过去，永远不会过去；今天，永远是昨天。

遇见最好的自己？想得美，经常见的还是那个最熟悉的自己。

移民回过去，也就是瞬间的事儿。记忆饶过谁？跑到西伯利亚又怎么样？

你以为那些过错、遗憾、麻烦、羞愧都被你丢在地平线那一边了吗？

是，它们没在这里留下痕迹，可记忆需要痕迹吗？

它跳出来打劫你的当下，随时随地。

生活太像无路可走的泰加森林。你总说出去散散心。散散步可以，散散心不太可能，太重了，散不出去。那往事都是你定了分量的，你不愿意碰，其实它们轻如鸿毛。最重的，反倒是那个“不愿意”。心总躲着那些事，却背着“不愿意”这么个死沉死沉的东西。背它到海角天涯，背它到西伯利亚，背它到利斯特维扬卡。

多简单的事儿。把“不愿意”扔了，心就不驼背了。走过去，再碰碰那些事，挨个儿碰。就碰你了，怎么着？碰够了，得有点风度，你就摸摸它们，像摸雪橇狗的脑袋，多摸一会儿，不过如此。你一直以为自己是那个不愿意被拖走的雪橇，现在你明白了，你是鞭子。生命不是靠它们带路，这荒原上随处可行。

醒来，寄生于评价之人

何其幼稚！把骄矜带进荒野。携带城市习气之人，如同从酱油坊里走出。2500万年来，地转、天旋，何曾被过客打断。贝加尔并非无情，是无视。无视你来，无视你去。你的资产、阶级、拥趸，贝加尔不屑打听。别说穿戴，慎言品位。你看这天地造化，山水生灵，哪一天你不是被大美击中，羞于表现自己？人类修路、造坝，贝加尔不需要，人类不是贝加尔缺乏的元素。人类开矿、砍树，这就像一只狗在峭壁下抬起后腿。

费弗尔说他感恩莱茵河，贝加尔却不需要感恩。

它并非被崇拜滋养，也不依靠名声。

贝加尔，从来就不是贝加尔，从来不是什么湖。

贝加尔，就是一个存在。一个被各种命名、诗歌、分类围剿的存在。

这个存在，无论你在不在，它都自在。

投身贝加尔，没人不被它的无视打劫。

你在自恋的银行里零存大额的自负，贝加尔兑换给你的，并无分文。

得成就者，假扮彪悍的哥萨克人，却是被欲望驱使的动物。

我们迷路了，像被早潮遗弃在岸上的水洼，竟以天空的倒影标榜自己的深度。

醒来，寄生于评价之人，醒来吧，被关注喂养的活体。

成功渺小，将被荒野忽略。受教于无视，便能领教贝加尔的神性。

你理应皈依这种无视，而不是大言容忍。

荒野不相信梭罗

釉彩的时代，喧嚣的地球。那么多人去扮演隐士，但切勿对贝加尔轻佻。你可以不靠现代科技存活，也能舍弃生活中的冗余，甚至用天然材料的手作工具。但你若想独居贝加尔，没有后援，没有庇护所，没有补给，那绝无可能。

忘记英雄吧，忽略传说，鲁滨孙在贝加尔，也要死上一百次。想把来自身后现代社会的物质帮助撇清，门儿都没有。贝加尔允许你冒险穿越，但若自力更生、长期索居，它连侥幸都不容忍。文艺青年推崇瓦尔登湖，但荒野从不认可梭罗，贝加尔也不相信小木屋里的作家。那不是荒野生活，只是独处的表演。贝加尔可以启示，但没有仁慈。

我来到贝加尔，尚未狂妄到想靠收集浆果和设陷捕狼维生。我心存敬畏，对万籁侧耳。因我在城市太久，听惯了壮语豪言。也许贝加尔对我说话，就如对牛弹琴。

贝加尔对自信发起提问。它没有神性，也不攻击，它示以原始，拿掉和你打招呼的人，取消你依赖的物质，你在此世的坐标，就得重新掂量。这空旷连接过去与未来，两面喧嚣，你的自知何去何从？

醒醒，囚徒！贝加尔从不赔偿眼泪。

北方沉默的湖，递给你它的未言之言。

你喋喋不休的人生体验，要借助沉默修复。

沉默的岩层孕育了西伯利亚紫与绿的宝石，沉默也孕育你。

它摧毁自我的边界，让你越过价值观的焦土去审视生命。

你终将穿过这幅员辽阔的挽留，回到之前的生活。

你珍视已有，也能看到更多的多余。

你被荒野剥夺自负，但你也从荒野获得甲胄。

一路走来，你已能从容悲欣。

太阳下，了无新事

路是一条蛇，遵循着荒凉的岸。白浪蹂躏石块，像埃文基女人摇晃袋子中的核桃。风也哼唱自己的歌，沿用它贫瘠的韵脚，周而复始，呼啸不停。人在赶路，蜜蜂在抓紧活，太阳下，了无新事。

七俄里海湾，阳光孵化十万颗恐龙蛋，顺带榨取松针的油脂，向浆果走私糖分。五月天长，龙星腾跃。寒冬退守山巅，百川向下。湖面依然有浮冰游荡，像没有恶意的鲨鱼。领悟总要归来，正如大雁。曾是什么，将来还是。行过什么，日后再行。

这是他乡，北方某处，人比紫貂稀少，皮肤已灼烧成地图。昨夜，熊在海滩咆哮。今晨，夜雾像白狐退避水上。沿着地球的伤口，你摆动双腿，当你不知身在何处，那一定在天地之间。这答案什么也不是，却又是其所是。

一代老去，一代又来，大地永远如故。

日头在湖面散尽银钱，随后翻山而去。

虚荣从未走远，总有石头要交出棱角。

你若去往事里盘桓，将会迷路。

过河的人，不能信仰水底的石头。

我不会在九月归来。秋分，昼夜等长，像一对木桨。可码头是空的。

我们不是夜雾，到不了水面。再得意的演算，都要从黑板上擦掉。

等我们老了，还各自在地球上走路。在正午或深夜，有那么一刻，忽然就沉默了。

那时，说什么都晚了。都怪我当初捉襟见肘，总用“可能”回答“如果”。

太阳下，了无新事。

一俄里一俄里

五只狗的雪橇深入北方

利斯特维扬卡

沙中银

奶中糖

盐中雪

一个湾一个湾

七辆车绕过庞然裂缝

奥利洪岛

水中豹

风中刀

窗中灯

一棵树一棵树

九道山坡淹没白昼

噶拉伍斯特

村中烟

火中松

杯中酒

一世纪一世纪

万亿年堆积的忘却

伊尔库茨克

钢中柔

去中来

你中我

参考文献

01. 阿拉腾奥其尔．清朝图理琛使团与《异域录》研究［M］. 桂林：广西师范大学出版社，2015.

02. 白玉冬．九姓达靼游牧王国史研究（8–11 世纪）［M］. 北京：中国社会科学出版社，2017.

03. 宝敦古德·阿毕德．布里亚特蒙古简史［M］. 边长顺，徐占江，译．蒙古文．海拉尔：内蒙古文化出版社，1983.

04. 陈得芝．蒙元史研究丛稿［M］. 北京：人民出版社，2005.

05. 段连勤．丁零、高车与铁勒［M］. 桂林：广西师范大学出版社，2006.

06. 韩儒林．穹庐集［M］. 石家庄：河北教育出版社，2000.

07. 吉谢列夫．南西伯利亚古代史［M］. 王博，译．乌鲁木齐：新疆人民出版社，2014.

08. 拉施特 . 史集 [M]. 余大钧，周建奇，译 . 北京：商务印书馆， 1983.

09. 刘兴均，黄晓冬 . “三礼”名物词研究 [M]. 北京：商务印书馆， 2016.

10. 凌纯声 . 松花江下游的赫哲族（民俗、民间文学影印资料之六十三）[M]. 上海：上海文艺出版社， 1990.

11. 潘玲 . 伊沃尔加城址和墓地及相关匈奴考古问题研究 [M]. 北京：科学出版社， 2007.

12. M.H. 齐保鲁哈 . 征服西伯利亚：从叶尔马克到白令 [M]. 杨海明，译 . 北京：中国社会科学出版社， 2017.

13. 萨尔基襄 . 贝加尔湖 [M]. 田锡申，译 . 上海：新知识出版社， 1957.

14. 史禄国 . 北方通古斯的社会组织 [M]. 吴有刚，赵复兴，孟克，译 . 呼和浩特：内蒙古人民出版社， 1985.

15. 谭其骧，主编 . 中国历史地图集 [M]. 北京：中国地图出版社， 1982.

16. 杨建华，邵会秋，潘玲 . 欧亚草原东部的金属之路：丝绸之路与匈奴联盟的孕育过程 [M]. 上海：上海古籍出版社， 2017.

17. 札奇斯钦 . 蒙古秘史：新译并注释 [M]. 台北：联经出版事业股份有限公司，1979.

18. 朱风，贾敬颜，译 . 汉译蒙古黄金史纲 [M]. 呼和浩特：内蒙古人民出版社，2007.

图书在版编目（CIP）数据

贝加尔心灵史 / 于铁群著 . -- 桂林 : 漓江出版社 , 2020.1

ISBN 978-7-5407-8785-1

Ⅰ . ①贝… Ⅱ . ①于… Ⅲ . ①散文集 - 中国 - 当代 Ⅳ . ① I267

中国版本图书馆 CIP 数据核字 (2019) 第 258592 号

贝加尔心灵史
BEIJIAER XINLING SHI

作　　者　于铁群
出 版 人　刘迪才
策划编辑　符红霞　杨　静
责任编辑　杨　静
装帧设计　杨　毅
责任监印　黄菲菲

出版发行　漓江出版社有限公司
社　　址　广西桂林市南环路 22 号
邮　　编　541002
发行电话　010-85893190　0773-2583322
传　　真　010-85890870-814　0773-2582200
邮购热线　0773-2583322
电子信箱　ljcbs@163.com
微信公众号　lijiangpress

印　　制　北京尚唐印刷包装有限公司
开　　本　710 mm × 1000 mm　1/16
印　　张　17.75
字　　数　100 千字
版　　次　2020 年 1 月第 1 版
印　　次　2020 年 1 月第 1 次印刷
书　　号　ISBN 978-7-5407-8785-1
定　　价　88.00 元